아파트에서 기린을 만난다면?

창비청소년문고 21

아파트에서 기린을 만난다면?

도시에서 동물과 공존하는 법

초판 1쇄 발행 • 2016년 8월 19일
초판 10쇄 발행 • 2022년 6월 27일

지은이 • 최종욱
펴낸이 • 강일우
책임편집 • 김선아
조판 • 신혜원
펴낸곳 • (주)창비
등록 • 1986년 8월 5일 제85호
주소 • 10881 경기도 파주시 회동길 184
전화 • 031-955-3333
팩시밀리 • 영업 031-955-3399 편집 031-955-3400
홈페이지 • www.changbi.com
전자우편 • ya@changbi.com

ⓒ 최종욱 2016
ISBN 978-89-364-5221-6 43810

아파트에서 기린을 만난다면?

도시에서 동물과 공존하는 법

수의사 최종욱 지음

하루하루 동물들과 아파하고 또 기뻐하며

인생을 되돌아보니 삶의 절반 이상을 직업인으로 살아왔다. 직업을 택하는 일은 인생 전체를 거는 일이라 할 수 있다. 직업은 생활의 방편이기도 하지만, 삶의 즐거움이자 모험 거리가 되어야 마땅하다.

내가 택한 직업은 수의사이다. 고1 무렵, 생물 과목을 좋아하고 잘했던 나는 우선 생물과 관련된 직업을 택하고자 맘먹었다. 하지만 그것이 무엇일지 구체적인 계획은 없었다. 그때 한창 유전 공학이 태동하던 시기라 수의사란 직업을 알지 못했다면 유전 공학자가 되었을지도 모르겠다. 아니면 생물 교사도 괜찮았을 것이다.

그런데 어느 주말 아침, 우연히 텔레비전을 보다가 수의사가 나오는 드라마를 보게 되었다. 대관령의 큰 목장 수의사였는데 오전 일과가 끝나면 산꼭대기에 홀로 올라가 가곡을 구성지게 부르는 낭만주의자였다. 비록 알프스 소녀 하이디 정도의 감성은 아니었지만 일도 편하게 하고, 시간 여유도 많고, 그 나름 존경도 받는 모습은 진로 선택의 어려움을 겪고 있던 나에게 '저런 직업 괜찮겠다!'라는 강한 동기 부여를 해 주었다.

대입 학력고사를 본 후 나는 수의학과를 일 순위로 지망했다. 부모님은 도시에서 나고 자란 내가 행여 적응하지 못할까 봐 걱정하셨지만, 한편으로는 취업도 잘되고 인정도 받는 직업이란 것을 어렴풋이 알고 계셔서 그리 심하게 말리지는 않았다.

그렇게 해서 수의학 공부를 시작했고 수의사가 되었다. 수의사 면허를 딴 후 내가 처음 향한 곳은 대관령 목장이었다. 정말 그곳에 한번 가서 드라마 속 주인공처럼 일해 보고 싶었다. 그때는 갓 면허를 딴 풋내기 수의사였을 때라 무슨 대단한 결심을 하지는 않았다. 그야말로 갈아입을 옷과 칫솔만 챙겨서 멀고 광활한 대관령에 다다른 것이다.

그렇게 시작한 대관령 생활은 3년으로 늘어났다. 나는 젊었고 의욕이 넘쳐흘렀고, 무엇보다 동물들을 치료하는 일에 보람을 느꼈다. 3년이 지나자 좀 더 새로운 일을 하기 위해 하산할 때가 왔다는 생각이 간절해졌다. 나는 미련 없이 대관령을 내려왔다.

처음 배운 것이 소를 상대하는 일이라 시골 읍에 동물 병원을 차려야겠다고 생각했다. 직접 운영하는 사업도 매력 있었다. 내가 일한 만큼 벌 수 있으니까 말이다. 하지만 돈을 벌기 위해 사업을 하는 것에 마음이 썩 동하지 않았다. 조그만 가게에 틀어박혀 있기엔 하고 싶은 일이 너무 많았다. 그래서 수소문 끝에 찾아간 곳이 동물원이었다. 소를 치료하는 도시의 동물 병원에 갈 수도 있었지만, 그곳에서는 동물뿐만 아니라 사람도 많이 상대해야 하고, 대동물은 결국 사람을 먹여 살리는 일에 쓰이고 있어서 그 부분이 마음에 걸렸다. 하지만 동물원은 동물들만 바라보고 그들을 위해 헌신할 수 있다는 매력이 나를 이끌었다. 요즘 쓰이는 말처럼 동물에게 제대로 '심장이 쿵' 했던 그 당시 나에겐 딱 맞는 직업이었다.

동물원의 시간은 때로는 천천히, 때로는 빠르게, 갖은 에피소드를 남기며 지나간다. 한번은 사자 세 마리를 이동시키려는데 한 마리가 말썽을 부렸다. 살아 있는 먹이로 유인해 보고 동료의 울음소리도 들려주다가 잘 안 되어, 코끼리 똥까지 활용해 보았다. 또 얼마 전에는 새끼 코끼리가 나뭇잎을 따 먹으려다 함정에 빠져 버려서 일주일 동안 코끼리 구출 작전을 펼쳤다.

동물원에 들어가 열심히 관찰하고 돌보고 부딪히며 동물들과 즐겁게 생활하다 보니 어느새 15년이란 시간이 횡하니 가 버렸다. 그동안 일기처럼 책도 여러 권 썼고 누가 기억해 주지는 않지만 방송에도 많이 출연했다. 모두 일을 좋아하고 즐기다 보니 자연스럽게 생겨난 것들이다. 동물원 수의사는 이제 내 인생의 핵심이며 나를 규정하는 이름이다.

청소년 독자들도 진로에 대해 너무 깊게 고민하지 말고, 자기 마음을 가만히 들여다보고 마음이 이끄는 대로 길을 택하면 좋겠다. 어차피 길을 찾는 것은 시작일 뿐이다. 수많은 시련과 고난이 그 길 여기저기에서 기다리고 있다. 한 고비를 넘기면 다음 고비가 찾아온다. 나 역시 도중에 타의에 의해 길을 잠깐 벗어난 적도 있다. 비록 내켜서 간 것은 아니지만, 도축장에서의 경험은 보람찼고 신선한 충격을 주었다. 그 짧은 시기를 지나고 나는 다시 원래의 길 위로 돌아왔다.

이 책에는 내가 처음 수의사로서 일했던 대관령 시절 이야기부터 오랫동안 몸담고 있는 동물원 이야기, 광주 보건환경연구원과 그 옆 동물보호소에서 겪은 이야기 등 여러 공간에서 보고 듣고 경험한 이야기를 담았다.

여기 나오는 동물들은 모두 우리의 동반자이자, 도시 생태계의 구성원들이다. 동물원만 해도 도시에서 지척에 있고, 공원이나 아파트 주변에서도 잘 관찰한다면 다양한 동물들을 만날 수 있다. 다만 우리가 보려고 하지 않을 뿐이다. 이 책의 등장인물들은 그런 무심한 인간들 곁에서 함께 살아가고 있는 동물들이다.

나는 늘 행복하기를 기대하지 않는다. 단지 매일 나의 자리에서 즐겁게 하루를 마감하길 바랄 뿐이다. 욕심이 적으면 근심도 적다.

동물 치료의 핵심은 측은지심이라고 생각한다. 동물이 아픈 모습을 보면 불쌍하다. '얼마나 아플까? 빨리 치료해 주어야지.' 하는 마음이 절로 든다. 그런 마음이 있으면 자꾸 돌아보게 되고, 생각하게 되고, 빨리 치료법을 찾게 된다. 그렇게 난 하루하루 동물들과 함께 즐기고 지루해하고 아파하고 또 기뻐하며 그럭저럭 잘 살아가고 있다.

2016년 7월
우치 동물원에서 최종욱

차례

1장

반려동물이 주는 기쁨

우리 동네에는 내가 노랑이라고 부르는 고양이가 있다. 페르시안고양이 계통인 듯한데, 혼혈이긴 해도 명문가의 피가 흐르는 고양이어서인지 기품 있고 통통하고 예쁘게 생겼다. 누가 보아도 사랑할 수밖에 없는 모습이다. 생김새도 그렇지만 하는 짓은 더욱 기품 있다. 모든 사람이 자신을 좋아하게 만들되 누구에게도 집착하지 않는다. 자기를 좋아하는 사람이면 누구에게나 똑같이 대할 뿐 한 사람에게 의지하지 않는다. 그리고 떠돌이 고양이로서 당당하고 깨끗하게 살아간다.

가끔 녀석이 며칠씩 안 보일 때도 있다. 그러면 "혹시 무슨 일 생겼나?" 하고 걱정하지만 며칠 지나면 녀석은 다시 아무 일 없었다는 듯 슬그머니 나타나 마치 누군가를 기다리는 것처럼 아파트 현관에 우두커니 앉아 있다. 반가운 마음에 주먹을 얼굴 앞으로 내밀면 가만히 다가와 이마를 맞대어 애정 표현을 해 준다.

　노랑이와 나는 이런 관계로 산다. 나는 노랑이가 제 수명 동안 그렇게 잘 살았으면 좋겠다. 내 집에서 키우는 것은 아니지만 노랑이는 나의 '반려묘'이다. 나는 노랑이를 통해 당당하게 세상을 살아가는 법을 배우곤 한다. 동물과의 관계는 유행을 따르거나 남들을 따라 하는 것보다 이렇게 자연스러운 게 좋다.

　나는 주변에 반려동물을 원하는 사람들이 있으면, 작은 개라도 한번 입양해 보라고 적극 권한다. 동물이 주는 삶의 충만감이 얼마나 큰지 누구보다도 잘 알기 때문이다. 동물과 서로 주고받는 애정이 없는 삶은 삭막하다. 평생 개 한 마리도 키워 보지 않는 것은 안타까운 일이다.

1
버려진 동물의 가혹한 운명

　내가 사는 광주광역시에서만 해마다 2,000마리 이상의 유기 동물이 생겨난다. 주로 개가 많지만, 요즘엔 유기 동물의 3분의 1이 고양이일 정도로 고양이도 많아졌다. 그나마 광주는 유기 동물 보호 시스템에 있어서 전국 최우수 운영 모델을 자랑하는 도시라서 유기 동물의 53퍼센트가 입양 기회를 얻는다. 전국적으로 보아도 아주 높은 수치이다. 하지만 여전히 18퍼센트 정도는 병사나 안락사의 운명에 처한다.

　사랑받다 버림받는 개들의 운명은 잔혹하다. 이미 인간과 함께하는 가정생활이 체질화된 동물에게 주인 없는 바깥은 야생이나 다름없기 때문이다. 집 안에서도 때로 묶어서 길러야 할 정도로 덩치가 큰 개들은 그래도 사정이 나은 편이다. 그들은 큰 체구 덕에 야생 무리에 쉽게 어울릴 수 있다. 그러나 반려견의 대다수는 주인들이 애지중지 보살펴 주었던 소형 개들이다. 이런 소형 개들은 일단 밖에 버려지면 끊임없이 주인을 찾아 방황한다. 그러나 당황해서 방향 감각도 잃어버리고 체취를 감지하는 선천적인 능력마저도 발휘하지 못한다. 그들은 이미 자연적인 본능을 상실하고 '인간화'되었기 때문이다.

온실의 화초가 약한 것처럼 반려견들은 바깥의 질병에 취약할 수밖에 없다. 버려진 반려견 중 50퍼센트 이상이 모기가 옮기는 심장사상충에 걸리고, 90퍼센트 이상이 회충 같은 기생충증에 감염된다. 인간에 의해 개량된 그 가느다랗고 긴 털이 마구 떡처럼 엉겨 붙고 얽혀 버리는 것은 말할 것도 없다.

버려진 소형 개들은 먹을 것도 거의 먹지 못한다. 조그마한 길고양이조차 우습게 보기 때문에 쓰레기통에 감히 접근하지 못한다. 그렇게 헤매다 일주일 안에 사람 손에 잡히면 그나마 운이 좋은 편이다. 일주일이 넘어가면 이들의 생명은 보장받을 수 없다. 정처 없이 여기저기 헤매다 많은 경우 '로드 킬'을 당하고 만다.

시간이 지나면 큰 개들도 위험한 상태에 빠진다. 이들은 자신의 힘과 체구를 알고 있기 때문에 일단 모든 것이 적으로 보이는 순간 쉽게 흥분하고 공격성을 나타낸다. 사나워진 개에게 온정을 베푸는 사람은 거의 없다. 작은 개들은 동정이라도 받지만 큰 개들은 오직 위협과 적대의 대상이 될 뿐이다.

동물들은 어쩌다 주인을 잃고 거리를 헤매게 됐을까? 일부러 작정하고 동물을 버리는 사람은 많지 않을 것이다. 동물들은 대부분 주인이 곁에 있는 줄 알고 천방지축 날뛰다가 길을 잃는 경우가 많다. 혹은 제대로 길들지 못해 아무나 따라가다가 주인과 헤어지게 된다. 주인을 만나 적응하는 기간 초기에 주인의 애정을 자기를 해치려는 것으로 잘못 이해하고 달아나다가 유기견이 되기도 한다. 키우던 동물을 잃는다는 것은 인간에게도 슬프고 불행한 일이다.

내가 근무하던 광주 보건환경연구원 옆에는 이렇게 여러 가지 사정으로 집과 주인을 잃은 동물들을 보살피는 동물보호소가 있다. 연구원에 근무하게 되면서 나는 자연스럽게 이 유기 동물들에게 새로운 주인을 찾아 줄 수 없을까 고민하기 시작했다. 보호소에 온 유기 동물들은 희망 없이 하루하루 살다가 20일 안에 분양되지 않으면 규정에 따라 안락사를 당한다. 멀쩡한 생명들이 안락사에 처해지는 것을 실제로 보니 무척 안타까웠다.

나는 외로운 사람들과 안락사 직전에 놓인 유기 동물들을 맺어 주면 어떨까 하는 생각을 해 보았다. 독거노인이나 장애인, 형편이 어려운 가정의 어린이들에게는 반려동물이 큰 위로가 될 것이다. 그 둘이 서로 이어질 수만 있다면 외로움에 시달리던 사람은 반려동물을 통해 삶의 위안과 희망을 얻고, 유기 동물 또한 전부는 아니더라도 선택된 몇몇은 죽음의 운명에서 헤어 나올 수 있을 것이다.

나는 이 둘 간에 다리를 놓는 사업을 연구원에 제안했다. 동물과 인간 사이에 중매를 서기로 한 것이다. 사업의 이름은 "유기 동물을 활용한 소외 계층 정서 안정 사업"이고 슬로건은 "사람에게 희망을 동물에겐 생명을"이었다. 내 제안이 통과되어, 2013년부터 시의 재정 지원을 받아서 사업을 시작하게 되었다. 사회 복지 시설 등을 통해 추천받은 독거노인 가정과 장애인 가정에 버림받은 개와 고양이를 무료로 분양하고 사료 등을 지원해 주는 사업이었다.

개에게는 새로운 가족이 생기고, 사람에게는 새로운 친구가 생기니 일석이조였다. 어쩌면 수의사로서 내가 맡았던 일 중 가장 아름다운 업무일지도 모르겠다. 이 애틋한 일은 이렇게 시작되었다.

2
떠돌이 개의 중매를 서다

사업을 시작한 뒤부터 나는 날마다 한 번씩 동물보호소 사무실을 드나들었다. 보호소 사람들과 자원봉사자들은 동물에 대한 사랑과 사명감이 대단했다. 어린 동물들은 사무실에 따로 개방식 케이지를 만들어 관리했지만, 사람들은 저마다 무릎 위에 한두 마리씩 올려 놓고 근무를 했다. 비록 분양할 녀석들이지만 서로 정이 들어 봉사자들을 따르는 개, 고양이들도 많았다. 다리가 셋인 먹돌이는 장애가 있어 데려가는 사람이 없었는데, 이런 먹돌이를 한동안 사무실의 마스코트로 삼아 키우기도 했다.

보호소에서는 동물들에게 이름도 지어 주었다. 까만 푸들이라고 까뮈, 눈이 초롱초롱하다고 초롱이, 요크셔테리어 종이라고 요키, 눈이 크다고 왕눈이, 양림동에서 발견되었다 해서 양림이 등등 이름에도 애정이 듬뿍 담겨 있었다.

자꾸 보호소에 가다 보니, 우선 나부터 분양받아 키우고 싶은 개들이 눈에 띄었다. 마침 내가 근무하는 연구원은 마당이 충분히 넓어서 큰 개 두세 마리는 문제없이 키울 수 있을 것 같았다. 또 분양 사업을 하는 사람으로서 나부터 모범을 보여야겠다는 책임감도 강하게 들었다. 작고 어여쁜 개들은 쉽게 분양이 되지만, 큰 개들은 누구도 선뜻 데려가려고 하지 않는 데다 보호소에서도 관리하기 힘들어서 더욱 안쓰럽기도 했다. 고민 끝에 상사였던 연구부장님께 "우리도 뭔가 모범을 보여야 하지 않겠느냐, 두 마리를 분양받으면 사업을 홍보하기도 좋다."라는 이유를 들어 허락을 받아냈다. 허락이 떨어지자마자 그다음 날로 평소 찜해 놓았던 깜이부터 데려왔다.

　깜이는 래브라도레트리버 종으로 온몸이 완전 까만 색이었다. 깜이는 체형도 좋고 얼굴도 귀여웠지만 건강 상태는 별로 좋지 못했다. 보호소에서 데려 온 개들은 대개 그러해서, 분양 초기에는 무조건 치료부터 해야 한다. 깜이는 코가 마르고 기침도 심하게 하는 데다 피부병이 심했다. 처음에는 잘 먹고 햇볕을 충분히 쬐면 낫겠지 하고 생각했지만 나중엔 피부 곳곳이 갈라지고 터져 버리는 등 증상이 날로 심해졌다. 그 모습을 본 연구원 직원들이 "왜 이런 개를 분양받았을까?", "저러다 죽으면 어쩌나!" 하고 걱정하는 소리도 들려왔다. 그러자 나의 '직업 정신'이 깨어났다. 나는 날마다 병을 관찰하면서 쉬지 않고 치료하고 보살펴 주었다. 내 치료 경험상 사람의 의지와 관심, 그리고 측은지심만 있으면 불치병이 아닌 이상 웬만한 동물의 질병은 다 치료할 수 있다. 그렇게 치료를 시작한 지 얼마 지나지 않아 어느 순간 깜이가 회복되고 건강해지기 시작했다. 먹이를 가져다주어도 깨작깨작거리던 녀석이 '폭풍 흡입'하는 먹보가 되었다. 온몸에 제대로 된 털들이 자라 반짝반짝 윤기가 돌았다. 힘도 어찌나 세졌는지 산책을 데리고 나가면 내가 끌려가야 할 정도였다. 그렇게 힘센 놈이 방방 뜨다가도 내 야단 한마디에 조용해지는 것도 신기하고 기분이 좋았다. 깜이랑 강둑에 나란히 앉아서 쳐다보던 일몰은 내 인생의 멋진 풍경 중 하나가 되었다.

분양받아 온 또 한 마리 개는 러시아산 보르조이 종이었다. 암컷이고 러시아산이라서 이름이 나타샤였는데 우리는 줄여서 나샤라고 부르기로 했다. 나샤는 순하고 커다란, 귀하게 생긴 녀석이었다. 마침 깜이가 한창 아플 때여서 후배 직원에게 "앞으로 나샤는 네 개니, 네가 책임져라." 하고 떠맡겼다. 후배는 나샤를 보자마자 너무 좋아하더니 기꺼이 주인이 되어 주었다. 나샤 역시 호흡기가 너무 안 좋았다. 계속 마른기침을 하니, 주인이 된 후배는 빨리 고쳐 달라고 날마다 성화를 부렸다. 깜이를 치료하는 동시에 나샤도 열심히 치료를 했다. 그 옆에서 후배는 온갖 좋다는 것을 싸 와서 나샤에게 먹이며 지극정성으로 간호했다. 그 덕분에 한 달 만에 나샤는 정말 좋아졌고 이후 연구원의 간판스타로 자리 잡았다. 지금도 방문객들은 사람 안부보다 나샤 안부부터 물으며 나샤의 모습을 보려고 달려간다.

동물들이 오면서 칙칙했던 연구원 분위기도 많이 활기차졌다. 늘 책상에 틀어박혀 연구만 하던 직원들도 틈틈이 바깥으로 나와 개들과 함께 일광욕도 하고 주변도 둘러보는 여유가 생겼다. 상태가 심각했던 나샤와 깜이를 모두 치료해 내자 그때부터 연구원에서 내 별명이 '화타'(고대 중국의 명의)가 되었다. 그만큼 연구원 사람들에게도 동물들의 회복이 반가운 소식이라는 뜻이니 나는 그 별명을 즐겁게 받아들였다.

연구원에 나샤와 깜이를 성공적으로 정착시키는 동시에, 나는 계속 보호소를 드나들면서 분양 사업을 진행했다. 보호소에서도 내가 하는 일이 의미 있는 일이라고 공감해 주시고는 내게 매우 호의적으로 대해 주었다. 분양할 대상이 있으면 내가 묻기도 전에 먼저 추천해 주곤 했다. 난 큰 개들을 포함해 보호소의 모든 개를 분양해 주고 싶었지만 생각보다 쉽지 않았다. 사람들이 분양을 원하는 종은 주로 몰티즈, 푸들, 요크셔테리어 같은 소형 개였고, 그중에서도 암컷을 선호하는 탓에 이런 조건에 맞는 개들은 경쟁이 매우 치열했다. 게다가 우리만 분양 신청을 하는 것이 아니라 일반인들에게도 분양 신청 기회가 열려 있기 때문에 사람들이 원하는 개를 얻으려면 꽤 애를 써야 했다.

혹여 기관이라고, 친한 사이라고 비정상적인 방법으로 우선 선택권을 가지면 보호소에 피해가 갈 수도 있어 우리 직원들도 일반인들과 똑같이 경쟁해 추첨을 통해 분양을 받아 냈다. 어떤 이들은 공문이라도 보내서 우선 선택권을 받자고도 했지만 나중에라도 혹시 문제가 될까 봐 일부러 피했다.

　나는 분양할 사람들에게 보호소 홈페이지에 들어와 마음에 드는 동물을 찾아보게 하거나, 내가 매일 보호소를 방문하여 괜찮다고 생각되는 동물들을 미리 분양받아 놓았다. 일반적인 경우라면 간단히 인터넷에서 찾아본 후, 어떤 동물이든 일단 분양을 받아 키워 보게 하면 될 것이다. 그러나 우리가 분양해 드릴 분들은 선뜻 개를 맡아 키울 수 있는 상황이 안 되는 분들이었다. 분양을 결심하기까지 많은 고민과 노력이 필요하고, 키우는 과정 역시 힘들고 어렵다. 그러니 우리가 처음부터 끝까지 사명감을 가지고 지원해 드리는 게 중요하다고 생각했다.

　그래서 개들 역시 최고의 녀석들로 골랐다. 일단 동물이 선택되면 본격적인 분양에 앞서 연구원에 데리고 와서 며칠 동안 '면접'을 보았다. 성격이 너무 거칠거나 부산하면 가정에 적응하기 어렵기 때문에 미리 한번 점검할 필요가 있었다. 누가 보아도 탐나는 개들을 선별한 뒤 일주일 혹은 이 주일 정도 내가 키우면서 건강부터 성격까지 일일이 까다롭게 체크했다. 직원들에게도 한번씩 데려가서 호감도도 시험했다. 그 과정에서 사람들이 동물하고 친해져 직원들이나 그들의 지인들이 보호소의 다른 개들을 분양받기도 했다. 반려견과의 소중한 시간을 맛보고 나서 주변에 분양을 권유하는 직원들이 많이 늘어난 덕분이다.

성격 등이 무난하다고 판단되면 순치 교육(길들임)을 하면서 심장사상충 검사 같은 세밀한 건강 진단을 하고 예방 주사를 놓아 준 후, 피부 밑에 전자 칩을 넣어 동물 등록까지 완료해 주었다.

그렇게 준비를 마친 개들을 사진으로 혹은 직접 데려가서 그분들에게 선보였다. 원하시면 그 자리에서 가분양을 해 드리고 며칠간 함께 지내 보시라고 했다. 마음에 안 들면 다시 돌려보내도 좋다는 당부도 해 드렸다. 대부분 새로운 식구를 무척 마음에 들어 하셨다. 가분양했던 개가 다시 돌아온 경우는 딱 한 번 있었는데, 그것도 개가 마음에 들지 않아서는 아니었다. 휠체어를 타는 장애인 청년이 정성껏 키워 보려 했지만 아무리 생각해도 자신이 개한테 제대로 못 해 줄까 걱정되어 할 수 없이 돌려보냈었다. 개를 돌려주러 와서도 개에게서 차마 떨어지지 못하고 계속 쓰다듬던 청년의 모습이 참 안타까웠다.

가분양 후에 분양이 확정되면 몇 달간의 사료와 집, 목줄, 샴푸, 식기 등 처음 동물을 키울 때 필요한 모든 용품을 준비해 보내 드렸다. 몸은 불편해도 개를 분양받으러 오신 분들의 마음은 정말 진지하고 신중했다.

그런 과정 끝에 안락사 직전의 개와 고양이 열다섯 마리가 새 주인을 찾았고, 삶이 외롭고 버거운 열다섯 명의 사람들 역시 자기

를 버리거나 배신할 염려가 전혀 없는 평생의 동반자를 얻었다. 혼자 사시는 어르신들이 개를 품에 안고 기뻐하시던 모습이 지금도 눈에 선하다.

분양된 이후에도 나는 '애프터서비스'를 계속했다. 사료며 빗이며 케이지 등등을 틈나는 대로 최고 사양으로 지원해 드리고 내가 할 수 있는 재량 범위 내에서 기생충 구제, 간단한 치료도 무료로 해 주었다. 개를 키울 때 어려운 부분들에 대한 상담도 해 드렸다. 그러고도 한동안은 아프면 데려와 치료해 주고, 힘이 들어 정 못 키우겠다고 하시면 다른 개로 교환해 드리고, 돌아온 개들은 다시 새 주인을 찾아 주는 과정을 지속적으로 밟아 나갔다.

새 가정을 찾은 개 중에는 새끼를 낳은 녀석도 있다. 새끼를 낳았다는 소식에 사료를 주러 갔다가 새 생명의 탄생을 무척 기뻐하는 노부부의 모습을 보고 참 뿌듯했다. 새끼를 낳은 개도 새삼 무척 대견했다. 은둔형 자폐성 장애인과 친해져 그의 친구 역할을 톡톡히 하는 녀석도 있었다. 자폐 아이를 돌보는 것만으로도 신경 쓸 일이 많아 개는 도저히 못 기르겠다고 한참을 호소하던 어머니가 끝까지 참고 버티어 마침내 아들에게 좋은 친구를 만들어 주신 것이다. 대부분의 사람들이 동물들을 통해서 상당한 마음의 위안을 받는 듯싶었다. 그럴 때마다 내가 중매쟁이 역할을 잘 수행한 셈이 되어 더욱 보람찼다. 일단 연결만 되면 지원에 크게 의존하지 않고 그분들 스스로 알아서 잘해 나가는 것을 보면 무척 감동스러웠다.

3
동물은 언제나 한결같다

분양을 한 이후에도 나는 늘 책임감을 느끼며 그들의 소식을 기다린다. 하지만 개를 일단 보내고 나면 무소식이 희소식이다. 나에게 가끔 전화가 오는 경우에는 십중팔구 불행한 소식이 들려오기 때문이다. 개가 집을 나가 버렸다거나 계속 아프다는 이야기, 도저히 형편이 안 되어 돌려보내려 한다는 이야기를 듣게 된다. 좋은 이야기도 들려주었으면 하지만 사실 동물과 탈 없이 행복하게 살고 있다면 구태여 수의사에게 연락할 일은 없을 것이다. 그러니 연락이 없으면 잘 사는 것이었다.

그러던 차에 지역 신문에서 분양받은 개들에 관한 반가운 소식을 듣게 되었다. 광주의 한 언론에서 각 가정을 찾아가 소식을 전해 준 것이다.

유기 동물을 분양받은 이들의 호응이 좋다. 특히 정서적인 부분에서 많은 도움이 된다고 했다. 김순자 씨나 김성원 씨도 마찬가지다.

"나이가 드니까 눈도 침침해지고 기억력도 떨어지고 그랬는데, 그래도 뭉뭉이한테 말도 하고 정서적으로 좋아요. 산책 나가면 사람들이 강아지 예쁘다고 말도 걸고."

순자 씨의 말이다. 살아 있는 생명을 보살핀다는 보람도 크다고 했다. "나만 바라보니까. 내가 잘해 줘야겠구나." 하는 마음이 든다는 것이다.

"혼자 있으면 뭐 할 게 있나. 천장만 쳐다보고 있는 거지. 근데저 녀석이 오니까 산책도 같이 하고 운동도 같이 하고 내가 활발해졌지. 저 애 데리고 다니면 적적할 일이 없어. 제일 좋은 친구지."

(『광주드림』 2014년 9월 1일)

기사를 통해 잘 지내고 있다는 소식을 들으니 개와 사람 모두에게 좋은 일을 했다는 보람이 더욱 커졌다. 평소에는 '아무 소식이 없는 걸 보니 잘 지내고 있나 보다.' 하고 생각만 할 뿐이다. 가끔씩 다시 돌아오는 개들도 있었는데, 신기하게도 이 녀석들에게는 금방 또 다른 분양자들이 나타나곤 했다. 보호소로 돌아가면 생존을 장담할 수 없고, 그렇다고 우리가 키우자니 그것도 난감해서 우선 사무실에 두고 차기 대상자를 한번 물색해 보자고 하면 누가 분양을 받든 곧 분양이 되었다. 그중에는 복지 기관의 공익 근무 요원들이나 근무자들도 있었다. 어떤 사람들은 돌아온 녀석들도 다시금 소외 계층으로 분양해야 되는 것 아니냐고 했지만, 사실 개가 돌아오면 나는 아무나 붙잡고 분양받아 달라고 부탁하고 싶은 심정이 된다. 하루라도 빨리 개들을 다시 정상적인 삶의 궤도 위에 올려놓고 싶다. 개들에겐 생명이 걸린 절실한 일이기 때문이다.

분양된 강아지들은 새 가정에 가면 이름도 다시 바뀐다. 그건 바람직한 일이다. 직접 지어 준 이름을 불러 주어야 비로소 서로에게 의미 있는 존재가 되기 때문이다.

가정에서 개의 삶이 제 궤도에 오르면 그 가정에서 개는 인간과 돈독한 관계를 맺는다. 개는 인간에게 끊임없이 애정을 퍼부으면서 아기 같은 순진함과 지칠 줄 모르는 충성심을 평생 보여 준다. 인간은 그 모습을 바라보는 것만으로도 감정의 몰입과 보람을 느끼고 삶의 의미를 찾게 된다. 사람에게서는 오히려 느끼기 힘든 온기를 개들을 통해 맛보게 된다. 큰 노력을 들이지 않아도 그런 모습을 볼 수 있으니 반려동물만큼 훌륭한 동반자가 없다.

나는 인간과 반려동물의 관계를 감히 동병상련의 관계라고 부른다. 최초의 개와 인간의 관계도 바로 이런 동병상련의 관계였으리라고 상상해 본다. 제 발로 인간의 품에 들어온 일부 개에게 인간은 거처와 음식을 제공하며 보살폈고, 개들은 늑대와 같은 다른 동물들의 공격에서 인간들을 지켜 주었다. 개를 통해 야생에서 지극히 나약했던 헐벗은 인간들은 힘을 얻게 되었고, 개는 날마다 전쟁 같은 야생의 굴레에서 벗어날 수 있었다. 현대에 이르러서 더욱 돈독해진 둘의 관계는 가족과 같은 반려의 경지에까지 이르고 있다.

생명이 주는 사랑과 안도감 그리고 삶의 충만감은 다른 무엇과도 바꿀 수 없다. 그들이 보여 주는 사랑의 지속 기간은 정말 길어서 때로는 평생이 되기도 한다. 게다가 그 무한한 애정과 충성의 기쁨은 가족 모두에게 골고루 돌아간다.

동물들이 한결같아서 참 다행이다.

2장
동물원에서 쓰는 생명 일기

나는 동물원 수의사다. 광주에 있는 우치공원 동물원이 내 일터다. 벌써 근무한 지 10년이 넘었으니 우치 동물원은 내가 수의사로 일하는 동안 제일 오래 근무한 곳이다. 그간 다녔던 여러 직장 중에서 나에게 가장 잘 맞춘 옷 같다고 여길 만큼 좋아하는 곳이기도 하다. 공무원 신분이라 어쩔 수 없이 다른 곳으로 잠시 자리를 옮겼다가 2015년에 오랜만에 돌아왔는데도 마치 여기가 내 고향인 양 마음이 푸근하다. 아침마다 회진을 돌던 내 얼굴을 여전히 기억하고 반가워해 주는 동물들도 있어서 더욱 정겹다.

동물원은 원래 이곳이 고향이 아닌 다종다양한 동물들이 살고 있는 곳이다. 여기 우치 동물원만 해도 국내에서 두 번째로 큰 동물원이라 130종에 700마리가 넘는 동물들이 함께 살고 있다. 동물원은 이들에게 부족한 대로 제2의 안식처가 되려고 노력 중이다.

동물원 동물들을 보고 있으면 이들이 자연에서 온 손님이라는 느낌이 절로 든다. 이 다양한 생명들의 움직임, 호흡과 울음소리는 그 자체로 우리가 자연의 일부임을 일깨워 준다.

하루의 대부분을 동물원에서 지내다 보면 그 자연의 느낌을 더욱 자주, 민감하게 느낄 수 있다. 동물들의 사생활에 대해 남들보다 더 많이 알게 되는 것은 물론이다. 그중 어떤 것은 우리가 알고 있는 상식과 꽤 다른 것도 있다. 다양한 동물들을 가까이서 만나고 관찰하다 보면, 우리가 어림짐작하는 것과는 전혀 다른 풍경들을 자주 마주친다. 700여 마리 동물들의 곁에 사는, 특권 아닌 특권을 가진 사람으로서 동물원에서 알게 된 자연의 느낌, 자연의 사실들을 들려주고 싶다.

1
동물원 수의사의 사계절

동물원 수의사의 시간은 동물들과 함께 흘러간다. 동물들이 자연의 리듬을 감히 거스르지 않기에 나도 자연의 시계에 나를 정확히 맞추려고 애쓴다. 매달, 매 계절 동물들의 시간에 보를 맞추어 살다 보면 나 역시 자연의 일부임을 새록새록 실감하게 된다. 동물들과 함께 사는 수의사의 1년은 여러 일들과 다양한 풍경들로 채워진다.

1월 곰이 새끼를 낳는다. 동물원 곰들은 겨울잠을 자지 않지만 그래도 야생에서처럼 꼭 1월 중순께에 새끼를 낳는다. 야생의 본능을 포기하기엔 동물원에서 산 기간이 아직 짧나 보다. 1월이 되면 약속이나 한 듯이 전국의 동물원에서 일제히 불곰, 흑곰, 반달가슴곰 등 각종 곰들의 새끼 탄생 소식이 들려온다.

한편 겨울철이라 폭설이 내려서 물새장 그물 지붕이 무너질까 봐 노심초사한다. 영하의 기후이지만 아프리카 동물인 기린이나 얼룩말도 해가 있는 동안은 운동장에 일부러 내어놓아 온대 기후에 적응하게 한다. 눈 속에서 뛰어노는 얼룩말의 무늬가 매우 인상적이다.

2월 지난여름 위 꽁지덮깃이 모두 빠진 후, 겨우내 위 꽁지덮깃을 정성스레 길러 왔던 수컷 공작들이 드디어 화려한 날갯짓을 시작한다. 쓰르륵 하는 소리와 함께 시작되는 그들의 꽁지깃 쇼는 현란하다. 동그란 무늬가 있는 꽁지깃이 부채를 펼쳐 놓은 것처럼 고정된 듯 펄럭거리다 펼쳐질 때처럼 스르륵 오므려진다.

이제 동물원 앞 저수지의 얼음도 모두 풀렸다. 얼마 전 찾아온 반가운 손님들인 원앙과 청머리오리, 물닭들이 그간 잘 지내다 본격적인 짝짓기에 돌입해 물가마저 소란스럽다. 사무실 뒤 큰 미루나무 위에서는 까치들이 생가지를 물어다 옛 둥지 위에 열심히 새 둥지를 짓고 있다. 이런 작은 소동은 보려고 하는 사람에게만 보인다.

3월 적록 사슴의 큰 뿔이 툭 하니 떨어져 방사장 한가운데 덩그러니 놓여 있다. 사불상의 뿔은 2월에 진즉 떨어졌는데 적록 사슴들은 그보다 늦게 떨어진 것이다. 아무리 힘을 가해도 억지로는 떨어지지 않던 작년치 군은 뿔이 새로운 연한 뿔의 기초가 자라나면서 아주 가볍게 밀려 떨어진다. 약한 것들이 뭉쳐 강한 것을 이기는 것이다. 사슴뿔이야말로 동물 속에 깃든 식물상이다. 사슴뿔은 봄에 마치 식물의 새싹처럼 연하게 자라나 여름에 성숙해지고 가을에 뿌리가 깊어진다. 그리고 이듬해 봄이면 또다시 새 가지가 자라난다.

4월 언제인지도 모르게 저수지의 청머리오리, 물닭들이 모두 자취도 없이 사라졌다. 날개가 작아 근처를 나는 것도 힘겨워 보이건만 그 머나먼 길을 어떻게 날아가는지. 무사히 여행을 마치고 돌아오길 빌 뿐이다. 그래야 올 겨울에도 저수지가 외롭지 않다.

초식 동물들이 무플론 산양을 선두로 일제히 새끼를 낳는다. 그들은 임신 기간에 상관없이 푸른 풀이 돋을 때로 분만 시기를 조절할 수 있다. 새들 역시 본격적인 알 품기 활동에 돌입한다. 얌전하던 캐나다기러기 수컷들이 자신의 짝과 알을 보호하기 위해 무섭도록 용감해지는 때이기도 하다.

5월 청호반새가 돌아왔다. 저수지를 돌 때마다 이맘때쯤 왔던 그 예쁜 새가 올해도 올까 오매불망 기다렸다. 올해는 무려 쌍으로 돌아왔다. 하지만 그들은 인간에게 자신들을 찬찬히 감상할 만한 시간을 잠시도 허락하지 않는다. 사람들은 그저 햇빛을 받아 광채를 내며 날아다니는 비단 한 조각만을 일순간 볼 수 있을 뿐이다.

사무실 처마 끝 참새들의 전쟁이 시작되었다. 날마다 아침이면 충계참에 크고 작은 전사자들이 쌓여 있어 무덤을 만들어 주기 바쁘다. 참새들은 결코 평화주의자들이 아니다.

새끼 까치들의 비행 연습이 시작된다. 뒷산 산책길에 만나는 새끼 청솔모들은 사람이 오면 어찌할 줄을 모르고 나무 위에서 방황한다. 개미들의 짝짓기 여행도 시작된다.

6월 추운 고비 사막 출신 쌍봉낙타 봉봉이의 길고 굵은 털이 전부 떨어져 나갔다. 이제 밋밋한 짧은 털의 사하라 사막 출신 단봉낙타 봉이가 봉봉이의 털을 부러워할 이유가 없어졌다. 사슴들 역시 거의 스포츠머리 모양의 짧은 털 스타일로 바뀌었다. 사람 털도 이렇게 나고 빠지길 반복한다면 따로 대머리를 걱정할 필요가 없을 텐데. 여름이면 모두가 일시적으로 대머리가 될 테니 부끄러울 것이 없다.

이제 생후 한두 달이 된 초식 동물 새끼들이 본격적으로 풀을 먹을 수 있게 되었다. 원숭이들의 출산 릴레이가 본격적으로 시작되었다. 원숭이 중에는 새끼를 잘 키우지 못하는 녀석들이 많아 나같은 사람이 인공 포육한다고 고생한다.

밤꽃 향기가 정말 알싸하다. 그 향은 정말 사람 냄새와 비슷하다. 동물이나 식물은 따져 보면 사람과 비슷한 부분이 참 많은데,

향기까지 이리 닮은 것은 신기하다.

7월 장마가 시작되고 온갖 꽃들의 향연이 시작된다. 곤충들도 덩달아 바빠진다. 비가 온 후엔 이 한정된 동물원 공간에도 수백 가지 기이한 모양의 버섯들이 피어난다. 초식 동물들도 먹기를 외면하는 버섯은 왜 그리 종류가 다양한 것일까? 도대체 생태계에서 이들의 역할은 무엇일지 정말 궁금해진다.

동물들은 본격적인 여름잠에 푹 빠져 있다. 놀러 온 관람객들도 어깨가 축 처진 채로 연신 아이스크림을 먹는다. 그러면서 왜 동물들이 활기가 없느냐고 투덜거린다. 동물들도 덥다고요.

8월 무더위가 본격적으로 시작되자 평소에도 물가에서 생활하던 물개와 펭귄은 아예 물에서 나올 생각을 하지 않는다. 깔끔한 호랑이들조차 넓찍한 물통 속에서 반신욕을 즐긴다. 반달곰들도 역시 물장난에 흠뻑 빠져 있다. 이 계절엔 차가운 물이 정말 최고다. 방송국에서 동물들의 여름 나기 취재를 왔기에 약간 '오버액션'을 더해서 불곰과 물소들에게 잔뜩 물세례를 퍼부어 주었다. 그들이 즐기니 나도 신난다.

9월 말벌들이 곳곳에 집을 지었다. 함지박만 한 벌집이 교묘한데 감추어져 있다가 발견된다. 소방관들이 출동해 벌집을 제거하고 통째로 가져갔다.

단감에 맛이 들기 시작했다. 나무에 올라가 두 개를 따서 물끄러미 나를 쳐다보는 사슴들에게 한 개씩 던져 주었다. 수확 철에 맛보는 동물들의 별미이다. 땅에 떨어진 감도 주워서 초식 동물들에게 무작위로 던져 주었다. 어차피 나는 못 먹는 것이니 그런 걸로 인심을 쓰는 거다.

10월 날씨가 조금 서늘해지니 동물들이 활기를 다시 찾아 간다. 나 역시 '가을을 타는 남자'라 선선한 가을바람이 좋다. 가을에는 뭐니 뭐니 해도 뒷산에 밤 주우러 가는 재미가 최고다. 주인 없는 밤이 오늘도 땅에 그득 떨어져 나를 기다리고 있다. 작년에는 욕심 부리다가 성난 땅벌들에게 쏘이기도 했다. 밤을 양쪽 주머니에 두둑이 채워 가 한쪽에 든 것을 원숭이들에게 바친다. 원숭이들은 정말 밤 까는 데는 선수들이다. 쓴 내피까지 착실히 벗겨 낸 후 속살만 맛있게 먹는다. 동물들의 원초적 본능이란 놀랍기만 하다. 부족해 보여 반대쪽 주머니 것도 조금 꺼내 준다.

11월 만추의 시간이다. 이제 겨울나기를 준비할 때이다. 겨울나기라야 별것은 없다. 새들에게 바람막이를 만들어 주고, 낡은 초가지붕을 교체하는 정도이다. 지구 온난화 탓인지 늦깎이로 태어난 새끼들이 제법 있다. 부실한 털로 겨울을 무사히 날지 영 걱정된다. 사슴들이 하렘을 구성했다. 왕 사슴 한 마리를 제외한 나머지 숫사슴들은 격리 칸에서 총각들끼리 입맛만 다셔야 한다. 월말쯤 되자 겨울 철새들이 저수지에 순서대로 나타났다. 맨 처음에 온 것은 논병아리다. 논병아리들은 물 위에서 달리기도 하는데 그 모습을 보면 왠지 거북선이 생각난다. 그다음으로 청머리오리와 원앙이 왔고, 가장 마지막에 오는 건 늘 물닭이다.

12월 첫눈이 내렸다. 눈이 내리면 동물들이 밤새 남긴 흔적을 볼 수 있다. 동물원에 고라니와 꿩이 다녀갔고 너구리들도 새를 노렸는지 다녀갔다. 못 보던 산토끼 발자국이 인상 깊다. 다들 살아 있구나! 터줏대감 고양이의 예쁜 발자국도 있다. 야행성 사슴들은 밤새 무슨 탑돌이 행사라도 했는지 아예 트랙을 만들어 놓았다. 그들의 추운 밤을 생각하면 나도 괜스레 우울해진다.

2
새벽 동물이 일깨우는 태양의 리듬

까마득한 날에

하늘이 처음 열리고

어데 닭 우는 소리 들렸으랴.

(이육사 「광야」 중에서.)

이 익숙한 시구절처럼 새벽과 관련된 표현에는 으레 닭이 들어 있다. 정말 닭은 새벽에 민감한 동물일까? 대부분은 그렇다. 다른 동물들은 밤에도 깊이 잠들지 않고 주로 선잠을 자는 반면, 새나 인간을 비롯한 영장류들은 밤에 숙면을 하기 때문에 새벽은 닭에게 또 다른 시작을 의미한다.

그런데 닭은 도대체 왜 새벽이라고 우는 걸까? 그건 우리가 아침에 기지개를 펴는 것과 비슷한 이유다. 목소리로 먹고사는 수탉은 마치 아나운서나 성악가들이 아침에 잠긴 목을 푸는 것처럼 새벽에 성대를 부드럽게 풀어 놓아야 하루 종일 마음껏 크고 낭랑한 목소리로 좌중을 압도할 수 있다. 목소리가 약한 수탉은 스스로 자괴감에 못 견딜 뿐더러 주위 동료들에게도 바로 무시당한다.

수탉에게 있어 울음소리는 내 영역과 내 암컷을 알리는 선포 구실을 한다. 암컷과 수컷의 구별이 뚜렷한 새들은 주로 하렘을 구성하여, 한 마리 수컷이 여러 마리 암컷을 거느리고 산다. 그러다 보니 수탉에게는 이 하렘을 끊임없이 지켜야 하는 고단한 책임이 있다. 목소리가 크고 화려한 닭일수록 힘도 세다는 것이 닭들 간의 암묵적인 약속이다. 그러니 목소리가 큰 수탉은 싸우지 않고도 바로 우두머리로 등극할 수 있다. 극단적으로 진화한 일부 품종의 닭들은 새벽이 되면 거의 20초 동안 쉬지 않고 길게 목소리를 늘려 뽑을 수 있다. 수탉은 그렇게 항상 자신의 존재를 새벽 초장부터 단단히 과시해 놓아야 그날 하루를 괜한 힘 낭비 없이 조용히 넘어갈 수 있다. 그렇기 때문에 수탉은 새벽이 오면 가장 높은 곳에 올라 힘차게 "꼬끼오" 하고 우는 것이다.

옛날에는 수탉의 울음소리 같은 이런 동물들의 리듬이 인간에게도 요긴했다. 인간과 동물들의 시간이 비슷하게 돌아가던 시절에는, 사람도 닭이 새벽에 울면 하루 일과를 시작하고 더위에 지쳐 소가 쉬면 때맞춰 함께 나무 그늘 밑에 들어가 쉬었다. 그러다 부엉이가 "꾸욱 꾸욱" 울어 대고 박쥐가 머리 위를 스치는 어스름 황혼 무렵이면 일을 끝마치고 귀가했다. 주경야독이란 말이 있긴 하지만 등잔 기름도 아깝고 피곤해진 대부분의 사람들은 10시 이전에 잠자리에 들었을 것이다. 지금도 동물원에서 사육사 일을 도와주시는 농부 어르신 두 분은 일정한 출근 시간이 없이 주로 새벽에 출근하시는데, 여름에는 6시 무렵에 나오시고 겨울에는 8시 정도로 출근 시간이 늦춰진다. 그분들의 출근 시간은 태양의 움직임에 달려 있는 것이다. 하지만 도시에 사는 대다수의 현대인들에게 새벽을 알리는 닭 울음소리는 들어 본 지 오래된 소리, 혹은 단 한 번도 들어보지 못한 소리일 것이다.

도시화되지 않은 새들에게 새벽은 여전히 아주 중요한 시간이다. 이들에게는 새벽에 활동해야 할 몇 가지 이유가 있다. 새벽은 주로 야행성인 천적 동물들이 휴식에 들어가는 시간이다. 매나 솔개처럼 주행성인 새들일지라도 높이 날기 위해서는 상승 기류가 필요하기 때문에 새벽에는 활동을 자제한다. 한편 새들의 주요 단백질원인 곤충들은 몸이나 날개에 이슬이 묻어 잘 날지 못하는 때가 바로 새벽이다. 어렸을 적에 시골에서 잠자리나 메뚜기를 잡아 본 사람은 이슬 맞은 곤충을 잡는 일이 얼마나 손쉬운지 잘 알 것이다. 나 역시 새들의 식량인 줄도 모르고 아침부터 메뚜기들을 잡아다 무수히 볶아 먹었다.

그럼 새벽 시간에 다른 동물들은 도대체 무얼 하고 있을까? 이 임시 휴전 상태인 새벽에는 그들도 몸과 마음을 가다듬는다. 사냥

하는 동물들도 대개 새벽에는 사냥 활동을 멈추고 밤이슬에 젖은 털과 발톱을 손질한다. 사람이 세수를 하는 것처럼, 물새들은 안개 낀 조용한 호숫가에서 새벽 수영을 즐기다가 밖으로 나와서 털 다듬기에 전념한다.

동물들에게 새벽은 출산의 시간이기도 하다. 사람들이 새벽에 태어나는 것을 여명의 축복으로 받아들이듯, 동물들도 그런 관습을 추종이라도 하는 것인 양 거의 모든 출산을 새벽에 한다. 그 덕분에 아침에 출근해서 동물원에 나가 보면 전날 밤에는 없었던 어여쁜 새끼들이 어느새 태어나 뒤뚱뒤뚱 돌아다니는 모습을 볼 수 있다. 새벽에 출산하느라 고생했을 어미 동물들에게 대견함과 안도감을 느끼는 순간이기도 하다.

새벽에 몸단장과 분만을 무사히 끝낸 동물들은 아침이 다가오면 모두 제 목청을 내기 시작한다. 보통 이런 행동은 태양이 떠오르는 여명기와 태양이 지는 황혼녘에 집중된다. 마치 친구 같은 태양이 떠서 즐겁고 태양이 져서 아쉬워서 그렇게 우는 것처럼 느껴진다. 하이에나는 그 특유의 비웃는 듯한 웃음소리로 "끼리릭 끽" 하고 울고, 호랑이나 사자는 심장을 울리는 깊은 고성을 내며, 좀처럼 울지 않는 늑대도 이때만큼은 제 목소리를 낸다. 물론 선창은 대개 수탉의 몫이다. 배치를 잘해 놓으면 어쩌면 훌륭한 오케스트라가 될 수도 있을 것 같지만 실제로 듣고 있으면 꽤나 시끄럽다. "꼬꼬댁 꼬꼬, 끼리릭 끼익, 어흐응 엉, 우우욱 욱……" 도대체 리

듬감이라고는 없는 불협화음이기에 차라리 귀를 막아 버린다.

그러고 보면 동물들은 참 부지런하다. 숙직을 하는 날 일찍 서두른다고 새벽 6시부터 둘러보아도 이미 동물들은 모두 깨어 아침을 맞이할 채비를 하고 있다. 그들의 시계는 매일 달라지는 해시계이다. 태양이 뜨면 쉬거나 활동을 시작하고, 지면 또 다른 쉼과 활동을 해야 할 시간인 것이다. 때론 그 부질없는 부지런함이 가슴을 찡하게 울릴 때도 있다. 그런 본능적이고 반복적인 삶의 리듬이 없었다면 그들은 이미 존재하지 않았을 것이다.

새벽이 온다는 건 어제와 전혀 다른 오늘 그리고 새 희망이 있다는 것을 뜻한다. 날마다 그런 망각과 희망 속에 사는 동물들의 단순한 삶이 무척 부럽기도 하다. 우리도 자연의 일부일진대, 이 귀한 새벽 시간을 잃어버리고 사는 것은 아닌지 늘 생각한다.

3
겨울은 멋 내기보다 견디는 계절

　야생에 사는 동물들, 특히 온대 지방에 사는 동물들은 늘 계절에 맞춰 새로운 옷으로 갈아입어야 생존해 나갈 수 있다. 그 옷은 추위와 더위로부터 개체를 보호하고, 하얀 겨울에는 배경색과 하나가 되어 몸을 보호하거나 감추어 준다. 잡아먹힐 우려가 있는 동물은 주로 털 색깔로 몸을 보호하려고 하고, 잡아먹는 동물은 주로 몸을 감추려고 한다. 천적 관계인 북극토끼와 북극여우가 겨울이 되면 둘 다 새하얀 털옷을 입는 경우가 대표적이다. 이들은 여름철엔 회색과 연한 갈색으로 서로 확연히 다른 옷을 입고 있다.

　포유류는 카멜레온처럼 색채가 다양하게 진화하지 못했다. 곤충이나 파충류는 녹색 옷을 선호하는데, 이상하게 포유류에게서는 녹색 옷을 찾아보기 어렵다. 게으른 나무늘보 정도가 온몸을 이끼로 덮어서 녹색으로 보이게 하는 정도다. 포유류는 아무도 녹색 옷을 안 입어서, 못생긴 괴물 캐릭터의 대표 주자인 슈렉이 녹색인 걸까 하고 엉뚱한 생각도 해 보았다.

동물들의 털옷

사람들은 탈모를 지독히 싫어하지만 동물들에게 털 빠짐은 아주 당연하고 자연스러운 과정이다. 해마다 봄가을이 되면 털을 가진 동물들은 털갈이를 하는데, 이때마다 동물원 수의사는 오해 아닌 오해를 받게 된다. 관람객뿐만 아니라 동물원 내부 사람들조차도 "저거 피부병 아니야? 왜 수의사는 치료를 안 하고 방치하지?" 하면서 은근히 수의사의 태만을 수군거린다. 아무리 내가 아니라고 해도 오해는 쉬이 풀리지 않는다. 털갈이 기간이 끝나고 정상적인 털이 나고서야 겨우 오해가 풀린다.

사실 수의사로서도 피부병과 털갈이를 구분하는 게 말처럼 쉽지 않다. 여러 피부병의 증상이 털갈이와 비슷하게 탈모를 동반하기 때문이다. 그래서 통상 털갈이 시기에 털이 빠지면 일단 털갈이로 간주하고 면밀히 지켜보는 수밖에 없다.

정상적인 털갈이에는 일정한 패턴이 있다. 일반적으로 발끝이나 코끝 같은 몸의 끝부분부터 진행되고 새로운 털이 나는 동시에 묵은 털이 빠지기 때문에 고양이같이 몸 관리에 신경 쓰는 동물은 털갈이를 하는지조차 모르고 지나갈 때가 많다. 하지만 비정상적인 경우엔 털 빠짐이 몸 곳곳에서 산발적으로 일어나고 새 털이 미처 자라기도 전에 묵은 털이 쑥 빠져 버려 속살이 훤히 드러나기도 한다.

흔히 털갈이는 여름 털갈이와 겨울 털갈이로 구분 지을 수 있는데 항상 그런 것은 아니다. 기온이나 영양 상태에 따라 불규칙하게 일어나기도 한다. 여름털은 더운 여름을 견디기 위해 짧고 성기며 색이 진하다. 반면에 겨울 털은 치밀하고 길며 색이 연하다. 대개 차가운 눈보라를 차단할 수 있게 바깥 털과 안 털의 이중 구조로 되어 있다. 바깥 털은 방수 기름이 묻은 길고 강한 털이지만 안 털은 단열 기능을 하는 부드러운 솜털이다. 이렇게 이중 털로 전환하기 때문에 이때는 꽃사슴이나 눈표범 같은 경우 특유의 반점 무늬가 사라져 보이기도 한다.

이 고된 털 치환 작업을 제대로 못하는 녀석들은 그냥 땅속으로 들어가 겨울잠을 자 버리는 게 최선이다. 겨울은 멋 내기보단 견뎌 내는 데 힘써야 하는 계절이니까.

조류는 보기보다 추위와 더위에 꽤 강한 편이다. 그런데도 매년 하는 연례행사 중 깃갈이에 가장 정성을 들인다. 주로 봄여름 번식기를 앞두고 이 행사를 치르는데, 특히 몇몇 수컷들의 화려한 변신은 마치 마법을 부린 듯 드라마틱하기까지 하다. 물론 암놈도 이 무렵 새 옷으로 갈아입긴 하지만 자기들 눈엔 매력적일지 몰라도 사람의 눈으로는 그리 큰 변화를 느낄 수 없다. 번식기가 끝나면 수컷들은 그 화려하지만 사는 데는 매우 불편했던 장식깃들을 과감히 떨어내 버린다. 야생에서도 잠깐의 축제는 있으되 짧고 허무하며 심지어 위험하기까지 하다. 많은 새들이 이 정신없는 기간에 잡아먹힌다. 그야말로 카니발이다.

뱀이나 도마뱀 같은 파충류도 연중 대여섯 차례 허물벗기를 한다. 곤충의 우화처럼 큰 변신은 아니지만 허물을 벗을 때마다 한동안 몸에서 광채가 나면서 부쩍부쩍 큰다. 마지막으로 화룡점정처럼 눈의 허물을 벗으면 허물벗기가 모두 끝나는데, 이 눈 허물이 잘 벗겨지지 않아 수의사나 사육사 같은 사람이 나서서 인위적으로 벗겨 주어야 하는 위험한 때도 있다.

동물의 새끼들은 태어날 때 함께 지니고 온 솜털을 벗고, 어른과 같은 털을 입어야 비로소 어른으로 취급받는다. 새끼의 솜털은 보통 어미와는 다른 경우가 많은데 이는 작은 체구, 귀여운 외모와 더불어 '새끼다움'을 나타내는 징표로, 무리로부터 집단 보호 본능을 유발한다. 새끼의 털갈이는 보통 생후 두 달부터 시작되나 일반적으로 1년이 지난 후에야 제대로 어른과 같은 털을 갖게 된다.

동물들의 털갈이는 "언제 저렇게 예뻐졌지?" 하는 생각이 들 정도로 물 흐르듯, 알 듯 모를 듯 진행되는 것이 정상이다. 유난히 "나, 털갈이해요!" 하고 소문내고 다니는 녀석은 문제가 있을 확률이 높다.

동물원에서는 프레리도그가 겨울철에 털이 심하게 빠져서 매번 나를 불안하게 만든다. 그러나 대개 봄이 되면 털이 다시 잘 자라나서 안심한다. 화려한 앵무새들도 심하게 깃갈이를 해서 머리에만 깃이 남고 몸은 전혀 화려하지 않을 때가 있다. 이때도 행여나 병이 났을까 싶어 초초해지곤 한다. 털갈이 시기는 늘 수의사를 긴장시킨다. 털과 깃털이 빠지는 증상을 보이는 피부병은 치료하기가 참 힘들기 때문이다. 게다가 탈모를 일으키는 원인 자체가 워낙 복잡해서 쉽게 해결할 수 없거나 혹은 해결이 아예 불가능할 때가 많다. 동물원이나 집 안에 갇혀 살아가는 자체가 그들에게는 애초에 불완전한 삶이기 때문이다.

봄날의 꿀잠

겨울을 견딘 동물들에게 봄은 선물이다. 봄날이면 동물원에서 자주 들려오는 소리가 있다.

"호랑이는 왜 맨날 잠만 자?"

"얘, 저 하마 좀 봐. 아예 서서 졸고 있네."

따듯한 오후 한나절에 특히 많이 들려오는 소리다. 그런 말을 들으면 그들 곁에 다가가 "밤에 잠을 청하는 원숭이, 새들은 그런대로 봐 줄만 하니 그쪽으로 발길을 옮겨 보세요."라는 말을 건네고 싶어진다.

사실 밤잠을 자는 동물들도 그 힘겨운 겨울을 이겨 내고 나서

오는 봄날의 달콤한 낮잠을 굳이 마다하진 않는다. 그러니 모처럼 시간을 내 동물원에 왔더라도, 모든 동물들의 활기찬 모습을 보고 가겠다는 욕심을 부리지 않는 것이 인간의 매너이다. 그렇게 다 보아야 할 필요도 없고 가능하지도 않기 때문이다.

고양이들은 꼭 야행성 본능이 아니더라도 낮잠은 물론 심지어 저녁에도 잠을 많이 잔다. 고양이들은 태어나서 20일 정도는 아예 자느라 눈도 못 뜰 정도로 원초적인 잠꾸러기들이다.

그런 고양이들도 춥고 불편한 겨울에는 봄에 비해 그리 잠을 많이 자지 않는다. 그래도 그 잦은 잠 덕분인지 고양잇과 동물들은 환경에 무척 잘 적응하는 편이다. 우리 동물원은 비교적 넓은 편이긴 하지만 야생에 비한다면 여전히 좁은 동물원 우리 안에서도 사자, 호랑이는 잘 버텨 내고 새끼까지 잘 낳는다. 그건 아마도 환경의 스트레스를 잠으로 완충할 수 있는 그들만의 독특한 생존 전략이 있기 때문일 것이다.

덥지도 춥지도 않은 봄날은 잠자기에 최상임을 꼭 고양이가 아니라도 누구나 알 것이다. 따뜻한 봄날 오후에 잠깐 짬을 내 잔디밭이라도 걸어 보라. 약간의 현기증과 함께 눈이 게슴츠레해지면서 몰려오는 졸음을 쉬이 참을 수 없을 것이다. 벤치에라도 누워서 5분이나마 잠깐 졸다 깨면, 그 청량감이란 이루 말할 수 없다. 마치 구름 위라도 걷고 나온 기분이랄까. 복잡한 세상만사가 흐릿해지는 느낌도 얻을 수 있다. 이대로 도끼 자루가 썩어도 좋지 않을까?

이런 봄의 피곤을 학자들은 겨울을 보내고 봄에 적응하기 위한 과정이라고들 이야기한다. 흔히 춘곤증이라고 해서 무슨 병처럼 불리기도 한다. 하지만 겨울엔 대부분 실내에서 생활하니 봄이 되어 슬며시 도둑처럼 오는 환경 변화를 몸이 미처 못 따라가는 까닭에 생기는 현상일 뿐이다. 봄날의 나른함은 지극히 자연적인 것이다. 사람에게도, 동물에게도 마찬가지이다.

빛과 외기에 의해 돌아가는 우리 내부의 생체 시계, 그것에 비교적 정직한 동물들이 이 봄날의 꿀잠을 그냥 놓칠 리는 없다. 특히 바깥에서 긴 겨울을 이겨 낸 동물에게는 봄이야말로 그 인고에 대한 보상이다. 그래서 봄의 여신은 그들에게 달콤한 꿈나라를 선사한다. 따뜻한 한낮이면 호랑이, 사자, 하마는 물론 사슴이나 원숭이, 새들까지도 바닥에 눕거나 앉거나 혹은 선 채로 잠을 잔다. 당나귀가 마치 마네킹처럼 멍하니 서서 잠을 청하는 모습은 정말 우습다. 그러니 동물원에서 조는 동물들을 보면 너그러이 지나가 주시길. 관람객이 적은 주중엔 행여 그들의 잠을 깨울까 봐 나 역시 발소리를 죽이며 다닌다.

4
동물들도 미각이 있을까?

한참 전에 「라따뚜이」라는 애니메이션이 개봉한 적이 있다. 그 영화에는 일류 요리사를 꿈꾸는 절대 미각을 가진 생쥐가 등장한다. 나는 이 영화를 보면서 정말 생쥐가 그런 미각을 소유할 수 있을까 하는 의문에 사로잡혔다. 어쩌면 인간 식탁의 온갖 부산물을 걸러 먹는 쥐로서는 생존을 위해 절대 미각이 필요할지도 모른다.

최근 연구에 의하면 인간의 혀가 위치에 따라 각기 다른 맛을 느낀다는, 생물 교과서에 나왔던 오래된 미각 지도가 잘못되었을지도 모른다고 한다. 혀의 모든 영역에서 모든 맛을 느낀다는 새로운 이론이 등장한 것이다.

과연 동물들의 미각 수준은 어느 정도일까? 초식성 동물과 육식성 동물 그리고 잡식성 동물의 미각이 현격한 차이를 보일 것임을 누구나 예상할 수 있다. 나는 실제로 그 차이를 관찰한 적이 있다.

원숭이와 사슴에게 각각 생밤을 주었을 때 먹는 방식에 큰 차이가 있었다. 원숭이는 사람들처럼 외피와 내피를 깨끗하게 벗겨 낸 후 누르스름한 알맹이만 골라서 맛있게 먹었다. 대부분의 원숭이와 유인원들은 초식 동물로 분류되며 대개 나무 열매를 즐겨 먹는다. 한편 사슴은 밤을 껍질 그대로 우두둑 깨물어 삼켜 버렸다. 버리는 것이 없어서 좋긴 하지만 밤 껍질의 쓰고 텁텁한 맛을 생각하면 사슴의 미각이 궁금해진다.

밤을 먹는 방식만 보아도 그 두 종의 미각에 상당한 차이가 있음을 알 수 있다. 소나 양 같은 초식 동물들은 주로 먹는 들풀에 타닌 성분이 많이 함유되어 쓰고 텁텁한 맛을 느낄 것이다. 하지만 원숭이들이 주로 먹는 것은 나무 열매로 신맛이나 단맛이 주를 이룬다. 특히 열대 과일들은 단맛이 더욱 강하다. 그러니 원숭이들은 단맛에 대한 미각이 발달해 있고 다른 초식 동물들은 쓴맛에 익숙해져 있을 것이다. 초식 동물들은 심지어 육식까지 할 수 있다. 출산 후 태반을 먹는 것이 대표적인 예이다. 또 사료에 육골분을 넣어 단백질 함유량을 높이면 기호성이 올라간다. 그런데 현재 인위적으로 첨가한 육골분이 광우병의 유력한 원인이라고 알려져 있다. 세상에 공짜는 없는 법인 모양이다.

동물원에서는 각 동물사마다 '미네랄 블록'이라는, 소금과 미량의 미네랄이 함유된 꽤 무거운 덩어리를 매달아 준다. 사료나 건초만 먹는 동물들에게 부족해지기 쉬운 소금을 보충해 주기 위해서

이다. 야생에서 동물들은 스스로 알아서 짠 흙이나 돌을 찾아서 먹는다. 이런 소금 성분을 먹이에 섞어서 주지 않는 것은 스스로 선택해서 먹게끔 유도하기 위해서이다. 미네랄 블록은 동물들이 매일 핥아서 두어 달 정도 지나면 끈 조각만 남게 된다. 이것 역시 동물들이 짠맛을 제대로 느낀다는 증거이기도 하다.

우리 동물원 침팬지는 아침에 사과를 주면 하루 종일 주물럭거리며 가지고 논다. 그러면 사과가 자연스레 갈변이 되면서 발효가 진행된다. 침팬지는 저녁때에야 그것을 입에 넣고 씹어 먹는다. 한편 소나 돼지를 키우는 농장에서는 막걸리나 맥주 제조 후 남은 지게미를 많이 먹인다. 육질을 연하게 하고 버려지는 부산물을 활용하기 위한 수단이라지만, 무엇보다 동물들이 신맛에 익숙하기 때문에 가능한 일이다.

단맛은 단연 모든 동물이 가장 좋아하는 맛이다. 곰이 꿀통을 뒤지는 것은 『곰돌이 푸』를 통해서 잘 알려져 있다. 곤충들도 대부분 설탕물에 꼬인다. 우리 동물원의 모든 초식성, 잡식성 동물들은 과자를 아주 좋아한다. 호랑이나 사자 같은, 완전 육식에 가까운 동물들만이 단 과자를 외면한다. 이런 육식 동물이나 파충류들은 싱싱한 육류 이외에는 거의 안 먹기 때문에 혀의 기능이 미각보다는 오히려 열을 감지하거나 몸을 다듬는 쪽으로 발달했다. 이들에게 사람의 요리사란 이해할 수 없는 직업일 것이다.

동물들은 음식을 처음 대할 때 우선 냄새를 맡고 눈으로 확인한 후 마지막으로 혀끝을 대 본다. 만일 혀끝으로 단맛만 느낀다면, 다양한 맛을 느낄 수 있는 동물들이 혀끝만 대어 맛을 확인하는 현상을 전혀 설명할 수가 없다.

동물들도 정도의 차이는 있지만 미각이 있다는 것은 거의 확실한 만큼 동물들에게 주는 사료 역시 복합적인 맛을 가미할 필요가 있다. 동물 복지 측면에서 당연한 일인 것이다. 동물이 먹는다고 대충 주었다간 동물들이 속으로 이렇게 항의할지도 모른다.

"당신은 반찬도 없이 밥만 먹고 살 수 있어?"

5

동물원에 나타난 이상 징후

지구가 더워진다는 소리를 자주 듣게 된다. 차가운 동해안에 난대성 어류인 대왕오징어나 거대한 가오리가 출현하는가 하면 '국민 생선'이라는 명태가 사라지고 있다는 소리가 들린다. 또 그동안 흉어로 고생하던 남해안에 난데없이 조기 떼가 몰려오기도 한다. 날씨와 계절도 전과 같지 않다. 여름 날씨는 연일 비가 내려서 열대 우림 기후를 연상하게 하고, 겨울은 종종 봄처럼 따뜻하다.

하지만 많은 사람들은 아직도 그저 "하늘이 미쳤나 보다.", "고기가 많이 잡히면 좋지, 뭐!" 하고 대수롭지 않게 넘어가 버린다. 사실 나 역시 환경 문제에 관한 한 그저 뉴스에서 보고 듣는 것 이상으로 알지는 못한다. 하지만 그런 나조차도 최근 동물원에서 일어난 몇 가지 사건에 대해서는 지구 온난화에 따른 생태계 교란의 일종이 아닐까 하는 의심 외에는 딱히 붙일 만한 이유가 없다.

보통 사슴이나 산양 같은 동물을 계절 번식 동물이라고 한다. 우리나라같이 사계절이 뚜렷한 곳에서 이런 동물들은 영양분이 풍부한 가을에 짝짓기를 하고, 겨울엔 배 안에서 새끼를 길러 추위가 풀리고 맛있는 새싹이 돋아나는 봄에 일제히 분만을 한다. 이것이 이들의 본성이자 수만 년 동안 각인되어 온, 변하지 않아야 할 야생의 생존 법칙이다. 하지만 2014년과 2015년 초에 걸쳐 이것을 위반한 심각한 사건이 생겨 버렸다. 그것도 세 건이나.

첫 번째 사건은 꽃사슴이 10월에 새끼를 낳은 것이다. 사슴은 늦어도 7월까지는 새끼를 낳아야 한다. 그래야 겨울이 닥치기 전에 새끼가 털갈이를 하여 겨울 털로 바꾸어 입을 시간 여유가 생긴다. 10월에 분만하면 미처 털갈이가 끝나지 않아 얇은 털로 고스란히 추운 겨울을 나야 하기 때문에 얼어 죽을 확률이 높다. 새로 태어난 어린 사슴은, 진한 갈색의 이중으로 된 두툼한 외투를 입은 다른 사슴들과 달리, 얇고 누런 털로만 한겨울을 이겨 내야 했다. 이 사슴이 혹시 잘못될까 봐 내내 날씨 걱정을 하고 살았는데, 다행히 이듬해 1월 중순까지는 큰 추위가 없었다.

다음은 무플론이었다. 무플론은 야생 산양의 일종으로 봄이 되면 동물원의 모든 동물 중 가장 먼저 출산하는 녀석이다. 얼마나 신속한지 보통은 다섯 마리의 암컷이 시간 차도 거의 없이 하루이틀 간격으로 동시에 분만한다. 그런데 그런 무플론들이 11월이 다 되어서 새끼를 낳는 일이 생겼다. 이번 사건의 주범은 전적으로 수컷들이라고 볼 수 있다. 이들은 보통 가을철에 1년치의 전부라할 정도로 많은 생식 호르몬이 분비된다. 그런데 2015년에는 어찌된 일인지 여름에 사건을 만들어 버린 것이다. 어미하고 새끼를 따로 격리해서 겨우 새끼를 키워 낼 수 있었지만 정말 희귀한 경험이었다.

마지막 사건의 주인공은 염소 두 마리였다. 흑염소 한 마리와 흰염소 한 마리가 역시 12월에 동시에 새끼를 낳아 버렸다. 흰 염소는 저녁에 쌍둥이를 분만한 탓에 발견했을 땐 이미 새끼들이 얼어 죽어 있었다. 흑염소는 다행히 아침에 낳아서 급히 따뜻한 곳으로 옮긴 뒤 내실에서 따로 사육했다.

아직까지 이 세 종류의 동물 이외에 별다른 이상 징후를 보이는 동물들은 없다. 하지만 원숭이, 소, 개처럼 계절과 무관하게 새끼를 낳는 동물들도 겨울을 피하는 것이 보통인데, 계절 번식을 하는 동물들이 세 종류나 이런 현상을 보였다는 것은 분명 무언가 잘못되어 가는 것임이 틀림없다.

옛 사람들은 동물들의 이상한 움직임을 보고 자연의 경고를 읽곤 했는데 현대인들은 그런 감각이 퇴화하다시피 무뎌졌다. 나 역시 그런 감각에 있어서는 평범한 현대인에 불과하지만, 동물들의 이상한 번식 행동을 보고 있자니 이것이 심상치 않은 징후라는 것이 대번에 느껴졌다. 이제라도 우리는 좀 더 단순해지고 자연이 보내는 경고에 더 귀를 기울여야 할 것 같다.

6
본능은 아주 강력하다

1년 내내 수많은 동물들이 이동을 한다. 내가 근무하는 동물원의 앞산, 뒷산에는 까치 수백 마리가 사는데 봄여름에는 가족 중심으로 생활하다 가을, 겨울이면 아침저녁으로 집단 비행하는 장관을 연출한다. 아마도 함께 추운 겨울을 이겨 내려고, 혹은 부족한 먹이를 서로 나누어 먹거나 집단 양육을 하려고 그러는 것 같다. 이유를 나열하고 보니 사람들이 집단행동을 하는 이유와 별반 차이가 없어 보인다.

까치들처럼 비교적 짧고 소규모의 이동부터 철새들의 길고 대규모인 이동까지 동물들은 어떻게든 변화를 추구하며 이동하고 있다.

이동은 동물의 유희이자 숙명

동물들은 왜 이동을 하는 것일까? 교과서에서는 철새들이 더 따뜻한 환경, 풍부한 먹이를 찾아서 이동한다고 설명한다. 겨울 철새들은 따뜻한 나라를 찾아 우리나라에 온다. 우리가 보기엔 "한국의 겨울이 뭐가 따뜻해?" 하겠지만 동물들은 사람과 달라서 20도가 몸의 최적 온도가 아니다. 예컨대 젖소는 영하 10도와 영상 10도 사이가 적온, 즉 가장 적절한 온도이다. 그래서 우리나라에서도 대관령 같은 곳이 젖소 키우기에 최적지인 것이다.

겨울 철새들은 영하 10도 전후가 생활하기에 적당하다. 그래서 영하 30도가 넘는 고향인 시베리아와 북극의 겨울을 피해 우리나라로 남하한다. 더구나 우리나라의 겨울 바다에는 먹을 것도 지천이다. 그러다 초봄이 되어 더워지려 하면 다시 북쪽으로 이동하며 여름 철새에게 배턴을 넘겨준다. 제비 같은 여름 철새들은 동남아에서 고향인 우리나라에 도착하자마자 잠시도 쉬지 않고 집을 짓고 새끼부터 낳는다.

여름 철새의 새끼들은 굉장히 미숙하여 한 달 내내 곤충 같은 먹잇감을 물어다 주며 키워야 한다. 그래서 이때는 주로 이 약한 새끼들을 잡아먹는 구렁이들의 최고 전성기이기도 하다. 반면 기러기 같은 겨울 철새의 새끼들은 부화하자마자 어미 뒤를 졸졸 따라다닌다.

이처럼 동물들은 자연 환경과 절묘하게 얽혀 있기 때문에, 때 되면 이동해야 하고, 이동에서 뒤처진 개체들은 자연 도태되기 마련이다. 우기나 건기 무렵 행해지는 아프리카 사바나의 대이동 역시 한 지역 내의 먹이 고갈을 막고 전염병을 예방하는 역할을 한다. 극지방에서 순록의 대이동은 먹이 부족보다는 모기에 의해 비롯된다고 한다. 노르웨이나그네쥐의 이동은 집단 과밀에서 시작되고 보통 바다나 호수로 뛰어드는 집단 자살로 끝난다지만(인간의 전쟁에 비하면 얼마나 희생적인가!) 개중의 몇몇 무리는 산이나 평지를 택하여 살아남아 새로운 개척지를 만든다.

이렇게 대규모로 이동하는 경우가 아니더라도, 붙박이로 살고 있는 동물들 또한 주기적으로 끊임없이 이동한다. 야생의 호랑이나 곰들은 100킬로미터가 넘는 광대한 영토를 점유하면서 1년 내내 순찰을 멈추지 않는다. 참새나 비둘기들은 아침저녁으로 대규모 회합을 가지는데 마치 내일은 저쪽에서 사냥해 보자 하고 의논하는 것만 같다. 뱀들도 느리기는 하지만 봄, 여름, 가을, 겨울 모두 생활 패턴이나 이동 형태가 끊임없이 변한다. 주로 상하로 수직 이동을 하는 뱀들의 패턴은 땅꾼들에게 올가미를 칠 빌미가 되기도 한다. 개구리나 두꺼비 역시 채 100미터도 안 되는 웅덩이를 향해 '전우의 시체를 넘고 넘어' 앞으로 나아가는 험난한 여정을 계속한다. 그들의 목숨을 위협하는 적은 인간과 인간이 만든 차량들이다.

동물원에서도 낯선 현상을 종종 볼 수 있다. 우리 동물원에는 캐나다기러기가 있는데 이 새들은 원래 야생에서는 북남미 대륙을 종으로 횡단하는 대표적인 철새이다. 다큐멘터리 영화 「위대한 비행」의 주인공이기도 하다. 그러나 동물원에선 슬프게도 그런 위대한 이동이 불가능하다. 그래도 그들은 가을이 되면 이동 준비를 한다. 흩어져 살던 무리들이 어느 순간 집단으로 모이고 함께 수영하면서 몰려다닌다. 그리고 하루 종일 날개를 다듬고 이륙 연습을 한다. 이제 문만 열면 날아갈 준비가 되어 있는 것이다. 이런 부질없는 몸짓을 보고 있으면 무척 안타깝기도 하다.

다시 왜 동물들은 이동하는 것일까 하는 물음으로 되돌아와 보자. 아직까지 누구도 그 해답을 정확히 제시하지는 못했다. 동물은 동물이기에 본능적으로 움직임을 즐긴다. 동물들에게 이동은 하나의 유희며 숙명인 것이다.

그럼 우리 인간들은 왜 이동하는 걸까? 인간 역시 동물의 일부이다. 그리고 우리가 여행하는 목적은 먹이나 기후 때문이 아니다. 견문을 쌓고, 새로운 것을 배우기 위해서일까? 그것도 정확한 설명은 아닌 것 같다. 내 생각엔 어느 등반가가 했다는 이 말이 정답이 아닐까 싶다. 왜 산에 오르느냐는 질문에 이렇게 답했다고 한다.

"산이 거기 있기에 산에 오르는 것이다."

삵은 왜 그쪽으로 이동했을까?

얼마 전 신문에서 지리산에서 탈진 상태로 발견되어 치료받고 방사되었으나, 그만 차에 치여 불귀의 객이 되어 버린 삵의 이야기를 읽은 적이 있다. 방사하기 전 그 삵에게 발신기를 달아 주었는데 그것을 보면 방사된 곳 근처에서 며칠간 주위를 배회하다가 갑자기 정신이 들었는지 자신이 쓰러졌던 그곳을 향해 직선으로 쭉 이동하다가 '로드 킬'을 당했다고 한다. 이것을 신문에서는 전문가들의 의견을 인용해 '귀소 본능'이 발현된 것이라고 설명했다. 귀소 본능이야 익히 알려진 동물 상식이니, 이런 설명에 의심을 품는 이는 많지 않았을 것이다.

전문가들의 말이니 근거가 없지는 않겠지만 나는 조금 억지스러운 느낌이 들었다. 본능이라고 부르려면 아주 강력한 것이어야 한다. 초식 동물이 풀을 먹고, 육식 동물이 고기를 먹는 정도는 되어야 본능이라고 할 수 있다. 본능이란 생존을 위해 없어서는 안 되기에 유전자 속에 고이 보존해서 대를 이어 전달해 가는 능력을 말한다.

삵 같은 고양잇과 동물에게 귀소 본능은 그리 강하게 나타나지 않는다. 우리 동물원의 고양잇과 동물들만 보아도 그렇다. 호랑이 같은 경우는 동물원에 온 지 이삼일이면 이곳을 제집처럼 여겨 버린다. 표범 같은 민감한 동물도, 길게는 보름까지 걸리기는 하지만 낯선 환경에 비교적 쉽게 적응하는 편이다. 굳이 동물원까지 올 것도 없다. 동네를 떠도는 길 고양이들만 보아도, 이들이 귀소 본능에 충실하다면 지금처럼 거리에서 살지는 않을 것이다. 그들의 본능이라면 차라리 낯선 곳에서도 새로이 세력권을 형성해 나가려는 것이 육식 동물로서의 본능일 것이다.

나는 진정한 귀소 본능을 가진 새를 한 마리 추천할 수 있다. 바로 비둘기이다. 비둘기들은 바다 한가운데에 풀어 놓아도 자기가 태어나 살던 곳으로 정확히 돌아간다. 이런 본능 때문에 오래전부터 비둘기는 전쟁 스파이, 우편배달부, 조난 구조대, 나아가 낭만적인 사랑의 메신저 역할을 해 왔다. 아무리 낯선 환경에 놓여도 이렇게 집을 찾아가는 비둘기의 능력에 대해서는 자기장설, 지형지물설, 별자리설 등이 제시되며 다양하게 연구가 이루어졌지만 아직 명확한 결론은 못 내리고 있다. 내가 이 비둘기를 귀소 본능의 대표 격으로 자신 있게 이야기할 수 있는 것은 동물원에서 직접 그 본능을 목격한 적이 있기 때문이다.

비둘기장에서 사육하던 공작비둘기 한 마리가 우연히 우리를 빠져나갔다. 비둘기는 워낙 많은 탓에 한두 마리가 사라져도 금세 알아채지 못한다. 하지만 이 탈출한 비둘기는 몇 날 며칠 밤을 그곳 울타리에 앉아서 다시 우리로 들어가려는 노력만 하고 있었다. 날개가 있으니 마음만 먹으면 더 넓은 세상으로 훠이훠이 자유롭게 날아가거나 바깥에서 새 친구를 사귈 수 있을 텐데도 사육장 주변을 벗어나지 못했다. 안타까워서 잡으려고 하면 날아가 버려 그저 지켜볼 수밖에 없었는데 드디어 어느 날 간신히 찢긴 틈으로 들어갔다. 지켜보던 나도 얼마나 안도의 한숨을 쉬었는지 모른다. 이 정도는 되어야 본능에 충실하다고 할 수 있지 않을까?

그럼 삶의 경우는 귀소 본능이 아니라면 왜 그랬을까? 우연한 일이 아니라면 나는 향수라고 부르고 싶다. 동물들도 생각을 하고 꿈을 꾼다. 사람만큼은 아니지만 외로움도 느끼고 재미도 찾으려고 한다. 낯선 곳에서 뱅뱅 도는 삶이 삶에게 너무 무료했을지도 모른다. 그래서 어디로 떠나 볼까 고민하던 중에 기억 속에 아련히 남아 있는 낯익은 산봉우리가 우연히 보였을 수 있다. 그래서 그곳으로 방향을 잡았을지도 모른다. 그게 아니라면 생전 보지 못한 동물, 예컨대 개 같은 동물을 만나 놀라서 정신없이 달아나던 참일 수도 있다.

동물에 대한 상식은 많아졌지만, 그중에는 정확하지 않은 것이 생각보다 많다. 동물에 대해 정확하게 알아야 자연을 보는 눈도 정확해진다.

7
홀로서기라는 즐거움

말하기 조심스럽지만 동물들을 보면 '홀아비는 힘들어도 홀어미는 행복할 수도 있겠구나!' 하는 생각이 종종 들곤 한다. 짝을 잃은 뒤에 오히려 더욱 즐겁게 살아가는 암컷들이 있기 때문이다.

우리 동물원에 사는 단봉낙타 낙순이는 2년 전에 가부장적인 수컷 짝을 잃었다. 처음에는 짝을 잃은 슬픔에 잠시 삶이 주춤한 듯했다. 어쩌면 그것도 일시적인 착시 현상이었을지도 모르겠다. 낙순이는 얼마 후부터 마치 제 세상을 만난 듯 방사장이며 내실을 편안한 표정으로 활보하고 다녔기 때문이다. 사람들에게도 더 붙임성 있게 다가왔다. 그전에는 수컷의 위엄에 눌려 숨죽이며 한쪽에 조용히 있거나 새끼를 돌보는 게 전부였는데 행동이 크게 달라진 것이다. 사람을 보면 피해 달아나는 게 일반적이었는데 지금은 그야말로 환골탈태한 것 같았다. 근심덩어리가 없어지니 건강 상태도 매우 양호해 보인다.

반달곰 암컷들의 사례도 있다. 반달곰들은 매년 새끼를 낳는데 암컷을 수컷과 따로 분리하지 않았더니 암컷들이 새끼를 키우며 영 불안해했다. 게다가 잘 키운 새끼가 가끔 수컷 근처에 다가갔다가 수컷의 공격을 받아 비명횡사하기도 했다. 그래서 암컷들을 따로 분리해 두었다. 덩치가 크니 마취를 해서 옮겨야 했는데, 마취에서 깨어나자마자 암컷들은 넓은 사육장을 활개 치고 다녔다. 암컷 둘이 사이좋게 춤추는 것도 같았다. 아무 곳이나 자고 싶은 곳에서 자고 물장난도 마음대로 치고 둘이 옹알옹알 정답게 말을 주고받는 모양도 보였다. 이전 사육장에서는 수컷의 권위에 눌려 밖으로 나오지도 못하고 내실에서만 지내면서, 수컷이 먹다 남긴 음식을 몰래몰래 눈치 보며 겨우 먹던 그들이었다. 그런데 이제는 먹이를 주자마자 각자 몫을 사이좋게 갈라서 자기 앞에 두고 마음껏 먹었다. 그렇게 따로 지냈더니 한 달 후 얼추 보아도 몸무게가 10킬로그램씩은 늘어나 보였다.

사례는 또 있다. 아린이는 암컷 기린이다. 이 녀석 역시 제 짝이 먼저 유명을 달리해 혼자가 되었다. 정확한 통계는 없지만 인간 세상과 마찬가지로 동물 세계에서도 암컷들이 더 오래 사는 경향이 있는 듯하다. 수컷이 있을 때 아린이는 2년에 한 번씩 새끼를 낳아 키워야만 했다. 금실 좋아 보이고 기린 수도 늘려 주어 우리도 무척 즐거웠다. 그러던 아린이가 혼자가 되었다. 주변 사람들은 다들

"아, 얼마나 외롭고 힘들까?" 하며 걱정을 했다.

그런데 괜한 걱정이었나 보다. 아린이는 전혀 슬퍼하는 기색이 없었다. 수컷이 죽은 그다음 날부터 사육장을 독차지하게 된 아린이는 그동안 수컷만 주로 했던 주변 나무줄기 빨기, 울타리 기둥 빨기, 운동장 달리기 등을 즐기며 정말 활기차게 변했다. 외로움 같은 건 우리의 기우에 불과했다. 나와 눈도 더 잘 마주치고 다가오기도 더 잘했다. 아린이는 외로움을 사람과의 교감과 활동으로 잘 풀었다. 표정도 훨씬 부드러워지고 긴장도 덜 했다. 기린들은 대개 조마조마하며 긴장하는 습관 때문에 심장이 나빠져 오래 살지 못하는데, 이대로 간다면 아린이는 제 수명을 넘어 훨씬 더 오래 살 것처럼 보인다.

사람들은 눈치도 없이 수컷 기린을 들여 아린이에게 짝을 맞추어 주자고 했다. 하지만 나는 반대했다. 들일 거면 차라리 친구가 될 수 있는 암컷을 한 마리 더 들이자고 했다. 아린이의 입장에서 생각하면 그편이 더 나을 것 같은데, 확실하지는 않다. 확실한 것은 수컷과 같이 살 때보다 혼자 사는 지금이 훨씬 더 행복해 보인다는 것이다.

사례는 끝이 없다. 망토개코원숭이는 한때 멋진 수컷과 일가를 이루고 살았다. 그러다 수컷이 제 수명을 다하고 죽었다. 수컷들이 더 빨리 죽는다는 경험 법칙은 여기에도 적용됐다. 수컷과 살 때 암컷들의 모습은 그야말로 비굴함 그 자체였다. 늘 두 발을 앞에 가지런히 모으고 마치 사극에 나오는 내시처럼 등을 구부린 채 수컷의 눈치를 보면서 다녔다. 그러다 수컷이 없어지자 남은 암컷은 겉모습은 여전히 초라했지만 행동은 아주 적극적으로 변했다. 수컷들의 전매특허인 '던져 주는 것 받아먹기'도 잘하고 드러누워 일광욕을 하거나 낮잠을 자는 모습도 한결 여유로워졌다.

처음 동물원에 왔을 땐 어떤 동물이든 짝을 지어 주는 것이 동물들의 생태를 위해서 최선인 줄 알았다. 그래서 홀로 된 것들이 생기면 전국을 수소문해서 짝을 지어 주려고 노력했다. 하지만 하나둘 생겨난 '과부'들을 안타까운 마음으로 지켜보다가 그들에게는 홀로서기라는 다른 즐거움이 있다는 것을 알게 되었다. 그들에게도 화려한 싱글이 있고, 행복한 싱글의 삶이 있는 듯하다. 그들에게 새 짝을 지어 준다는 것은 훨씬 더 진지한 고민이 필요한 것임을 절감한다. 인간의 기준으로 동물들의 삶을 생각해서는 안 된다는 교훈을 또 한 번 얻는다.

8
동물에게 있는 것과 없는 것

여러 동물을 관찰하다 보면, 조물주가 저 동물에게는 참 멋진 것을 선물했구나 하는 생각이 들 때가 많다. 동물들의 독특한 기관이나 능력을 관찰할 때 그러한데, 그중에서도 나는 특히 '주머니'에 관심이 많다. 동물들의 다양한 주머니를 보고 있노라면 '명품 가방'은 사람들만의 전유물이 아님을 실감하곤 한다. 사람들은 동물 가죽으로 가방을 만들고 그 과정에서 소, 악어, 타조 같은 동물들을 괴롭히기도 한다. 하지만 동물은 누구도 괴롭히지 않으면서 아주 실용적이고 멋진, 또 짝퉁도 없는 명품 가방을 가지고 다닌다.

동물들의 명품 가방

"산토끼 토끼야 어디를 가느냐. 깡충깡충 뛰면서 어디를 가느냐. 산 고개고개를 나 혼자 넘어서 토실토실 알밤을 주워서 올 테야."라는 가사의 노래가 있다. 「산토끼」라는 노래인데 사실 이 노래는 산토끼가 아니라 다람쥐로 바꾸어야 맞다. 산토끼는 알밤을 주워서 올 수 없기 때문이다. 하지만 다람쥐는 다르다. 다람쥐는 정말로 먹이를 주머니에 넣어서 나른다. 자기 입안 양쪽 볼에 한 개씩 두 개의 주머니를 가지고 있어, 실제로 입안 가득 알밤을 주워 나를 수 있다. 물론 그래 봤자 밤 한두 개, 도토리 열 개 미만이지만 어쨌든 볼이 터질 듯 가득 채워서 옮길 수 있다. 이 주머니에 넣으면 잃어버릴 위험도 전혀 없다. 가끔 만화 영화에 다람쥐나 햄스터가 도토리나 해바라기 씨를 총처럼 입으로 쏘는 장면이 나오는데 바로 이런 '탄통'이 있기에 가능한 이야기이다.

다람쥐 말고 여러 원숭이들도 이런 볼주머니를 가지고 있다. 동물원에서 일본원숭이 새끼 한 마리가 한쪽 볼이 탱탱 부어 수술을 해 준 적이 있는데, 바로 이 볼주머니 안쪽 입구가 막혀 저장해 둔 음식물이 그대로 안에서 부패해 생긴 일이었다. 수술하느라 바깥에서 칼로 쨌는데 그러고 보니 입안까지 뚫어져 있어 처음에는 내가 수술을 잘못했나 하고 무척 당황했었다. 자칫 안의 자연 구멍까지 꿰매 버릴 뻔했다. 그랬으면 이 원숭이의 한쪽 볼주머니가 영영 사라져 버렸을 테니 아찔한 기억이다.

주머니 하면 떠오르는 동물로 낙타를 빼놓을 수 없다. 낙타는 등에 험프(hump) 즉 육봉이라고 하는, 하나 혹은 두 개의 혹을 늘 가지고 다닌다. 그 혹의 용도는 사막을 여행하는 사람의 가방과 하나도 다르지 않다. 즉 예비 식량 주머니이다. 낙타는 먹이가 부족하면 이 소중한 가방 속의 기름을 녹여 연명한다. 한때 사람들은 이 주머니가 물렁물렁한 것을 보고 거기에 물이 들었다고 생각했다. 그런데 실제로 열어 보니 물은커녕 살도 없는 지방 덩어리일 뿐이었다. 이 비상 가방은 낙타에게 없어서는 안 되는 귀한 신의 선물이다. 그 가방은 때론 내리쬐는 사막의 뜨거운 햇살을 차단해 주고 추위를 견디게도 해 준다.

캥거루의 앞주머니는 또 어떤가. 캥거루에게 있는 주머니는 파우치(pouch) 또는 육아낭이라고 부른다. 이 육아낭은 기능 면에서 가장 신성한 가방이라 할 수 있다. 새끼를 담아 다니기 때문이다. 캥거루는 임신 후 한 달이 지나면 분만을 한다. 어미가 진통조차 느끼지 않는 분만이다. 태아가 애벌레만큼 작기 때문이다. 이 태아는 나오자마자 자기 생에서 가장 위험한 모험을 해야 한다. 30센티미터쯤 되는 거리에 있는 어미의 육아낭으로 골인해야 하는 것이다. 새끼는 누구의 도움도 없이 어미의 털을 하나씩 하나씩 잡고 기어서 그 먼 길을 아슬아슬하게 올라간다. 그리고 드디어 육아낭 속으로 골인하면 거기엔 네 개의 찬란한 젖꼭지가 새끼를 기다리고 있다. 새끼는 그중 가장 먹음직스러운 것을 골라 꽉 물고 여섯 달 동안 꼼짝 않고 지낸다. 이 시기의 육아낭은 곧 자궁이다. 탯줄이 없는 캥거루는 배꼽조차 없다. 6개월이 지나면 새끼는 서서히 주머니 입구를 열고 바깥을 내다보기 시작한다. 8개월쯤 되면 주머니를 들락날락하기 시작한다. 10개월이 되면 주머니에서 아주 독립한다. 그때쯤 안에는 또 다른 새끼가 들어가 있을 가능성이 높다. 주머니는 좀처럼 비지 않는다. 어미는 수시로 주머니를 열고 청소한다. 수컷은 주머니가 없다.

한편 코알라의 주머니는 입구가 뒤로 열려 있다. 새끼는 어미의 뒷다리 사이로 나와 등 위로 올라가 세상 구경을 한다. 캥거루나 코알라는 주머니가 좁은 관계로 쌍둥이를 거의 낳지 않는다.

많은 새들도 보조 주머니를 차고 있다. 식도에 딸린 모이주머니이다. 풍성한 먹이를 발견하면 언제 다시 생길지 모르니 일단 모이주머니 내에 최대한 저장한 후 조용한 곳에서 꺼내 먹는다. 육아를 할 때 이 주머니는 더욱 긴요하게 쓰인다. 먹성 좋은 새끼를 위해 부모 새들은 모이주머니에 끊임없이 먹이를 채워서 둥지로 나른다. 우리가 보기엔 이 주머니가 크면 클수록 좋을 것 같지만 날아다니는 새들의 특성상 몸무게와 에너지를 고려해 최적의 크기로 만들어진 것이다. 펠리컨은 아래 부리에 신축성이 좋은 큰 주머니를 가지고 있다. 펠리컨은 수면 위에서 한껏 입을 벌려 물과 작은 물고기를 한꺼번에 쓸어 담은 뒤 그중 새우나 물고기만 걸러 먹는다. 다른 새들처럼 한 마리 한 마리 낚시질을 했다면 펠리컨의 몸집이 그렇게 커지지 못했을 것이다. 동물들은 조물주가 선물한 이 위대한 명품 주머니를 늘 아끼고 보살피면서 잘 활용하며 산다.

타조가 날려면?

그런가 하면 왜 조물주가 저 동물에게는 하나를 빼 놓았을까 싶을 때도 있다. 특히 새는 새이되 날지 못하는 새들을 보면 그렇다. 그런 새에도 몇 종류가 있는데 펭귄, 화식조, 레아, 에뮤, 키위 등이 그렇다. 그중에서도 가장 큰 새가 바로 타조이다. 타조는 그 거대한 몸집만 보아도 도저히 날 수 있을 것 같지 않다. 그러나 타조들을 볼 때면, 조물주에게는 불손한 일이지만 가끔씩 그들을 한번 날려 보고 싶다는 엉뚱한 생각에 잠기기도 한다. 그리고 상상 속에서나마 열심히 날릴 궁리를 해 본다. 타조를 날게 하려면 어떻게 해야 할까?

타조를 날리려면 우선은 타조의 몸무게를 아주 많이 줄여야 한다. 지금 100킬로그램 정도 되는 몸무게를 최소 절반 이상은 감량해야 한다. 나는 새들의 특징은 몸집에 비해 정말 몸무게가 가볍다는 것이다. 실제로 황새나 독수리같이 큰 새들도 몸무게가 대부분 10킬로그램을 넘지 않는다. 나는 새 중 세상에서 가장 큰 아프리카넓적부리황새조차 18킬로그램까지가 한계 체중이다. 새들이 무게보다 크게 보이는 것은 깃털과, 그 깃털 속에 차 있는 공기 때문이다. 심지어 몸무게를 줄이기 위해 나는 새들은 대부분 뼈의 골수조차 없었다. 그래서 새들의 뼈는 거의 빈 상태다. 타조는 다행히 아직 큰 다리뼈 속은 비어 있다고 한다. 이것을 보면 타조의 조상이 날 수 있는 새였음을 익히 짐작할 수 있다.

다음으로 기낭이란 조직이 있어야 한다. 기낭의 역할은 크게 두 가지이다. 하나는 공중에서 대기 중에 부족한 산소를 저장하는 공기탱크 역할, 또 하나는 몸의 외형은 살리면서 기본 무게를 가볍게 해 주는 역할이다. 기낭은 내장 기관에 골고루 분포한다. 그러나 육지에서 달리는 타조에게는 아쉽게도 이 기낭 조직이 없다. 타조를 날리려면 인공 기낭을 달아 줘야 한다. 그러려면 그만큼 내장 용적도 줄어들어야 하니 장 절제 수술이 불가피하다.

또한 타조에게는 새들만의 고유한 기관이라 할 수 있는 가슴뼈의 용골 돌기가 없다. 용골 돌기는 나는 데 쓰이는 근육을 지지해 주는 역할을 한다. 그래서 우선 뼈 이식 수술로 용골 돌기를 만들어 준 다음 기존 근육을 늘려서 그 위에 재정착시켜야 한다. 그 후엔 지속적인 트레이닝을 통해서 기존의 달리는 쪽으로 발달한 근육을 날 수 있는 근육으로 완전히 전환해야 한다.

또 다른 어려운 문제는 날개깃이다. 타조는 날기를 포기한 순간, 깃도 변했다. 빳빳해야 할 깃이 나풀나풀해지고 서로 엇갈려 나야 할 깃가지들이 좌우 대칭화되어 버렸다. 중심 깃대를 중심으로 깃의 좌우가 기울기와 크기에 어느 정도 편차가 생겨야 하지만 타조는 그저 좌우가 나란히 똑같다. 이 깃을 가지고는 절대 공기를 타고 날 수 없다. 그러니 타조가 날려면 우선 나풀나풀한 깃의 재질

을 빳빳한 재질로 바꾸어야 하고 또한 서로 떨어지지 않도록 촘촘히 얽어 주어야 한다. 물론 깃털의 기울기와 비대칭은 기본이다. 그리고 지금 장식깃만 있는 꽁지에 제대로 된 꽁지깃을 심어 주어야 한다. 이 꽁지깃은 향후 비행 시 방향 전환과 이착륙 시 속도 조절 역할을 할 것이다. 이 깃들을 모두 바꾸려면 당장은 인공적으로 정교하게 만든 깃을 심거나 기존 깃털의 깃대 뿌리 부분을 잘라 내고 이어 붙이는 방법밖에 없을 것 같다.

몸무게를 줄이는 데 반비례하여 날개 길이는 지금보다 두 배는 더 길어져야 한다. 보통 큰 새들은 날개 전체 길이가 몸길이의 두세 배가 되는 게 기본이다. 다행히 타조의 날개는 오리나 닭처럼 그리 짧은 편은 아니다. 그러나 기존 날개를 받치는 앞다리 뼈의 길이를 두 배 이상으로 늘리기는 해야 한다.

나는 데에는 달리는 것보다 다섯 배 이상의 에너지가 필요하다. 그러니 타조가 지금의 초식 위주에서 육식 혹은 잡식으로 식단을 바꾸어야 충분한 에너지를 얻을 수 있다. 발도 지금보다 훨씬 가늘어지고 조금 짧아지면 좋겠지만 그 부분은 날게 되면 차츰 진화가 되리라고 본다. 어차피 당장은 손쓸 도리가 없다. 어쩌면 지금의 커다란 두 발가락 체제가 추진력을 얻는 데 유리할 수도 있겠다.

다행히 타조는 아직까지 좋은 시력과 민감한 부리, 큰 콧구멍 그리고 완벽한 새의 외형을 가지고 있다. 앞으로 100여 년 후에는 어른 타조의 몸 곳곳을 리모델링할 수 있는 생체 재료 공학과 인공

장기가 발달할지도 모르겠다.

　이런 모든 외형을 완벽하게 갖추었다면 이제 타조에게 나는 법을 가르쳐 줄 파일럿의 정성과 노력이 뒤따라야 할 것이다. 이 정도면 다소 엉성하긴 해도 타조가 날기 위한 얼개는 대충 갖추어진 것 같다. 이제 타조가 스스로 나는 일만 남았다.

　그런데 타조는 과연 날고 싶은 마음이 있을까? 어쩌면 타조는 생긴 대로 살려고 하는데 우리 인간들만 그들을 보며 날지 못한다고 안타까워하는 건 아닐까?

9
약육강식이 전부는 아니야

여러 초식 동물이 섞여 사는 초식 동물사에서 새끼 흑염소 한 마리가 먹이통 한가운데에서 태연히 누워 자는 모습을 본 적이 있다. 동물원에서 먹이통은 치열한 전쟁터와 다름없다. 만약 다 큰 동물이 그렇게 먹이통을 다 차지하고 있었다면 다른 동물들이 가만히 있지 않았을 것이다. 그런데 새끼 흑염소는 먹이통 안에 누워서 잠까지 쿨쿨 자고 있었던 것이다. 그 태평한 자태는 마치 전쟁터에 피어난 한 떨기 장미 같았다. 나는 그 모습을 보면서 '약육강식'이라는 표현을 다시 생각하게 되었다.

흔히 동물 세계를 약육강식의 세계라고 한다. 약자는 먹히고 강자는 먹는다는 지극히 잔인한 표현이다. 너무 무서운 말이라 나는 차라리 '약자는 사라지고 강자는 남는다.'라는 식의 좀 더 부드러운 표현을 사용하고 싶을 정도이다. 사실 이 같은 현상은 비단 동물 세계에서만 일어나는 일은 아니다. 식물들도 천이라는 과정을 거쳐 우점종만이 숲의 지배자가 된다. 소나무 숲 같은 경우는 뿌리에서 독한 물질을 내어 그 흔한 잡풀조차 자라는 것을 허용하지 않는다. 우리가 숲에서 일부러 호흡하는 피톤치드 같은 물질도 알고 보면 식물들의 전쟁 무기인 셈이다.

세균이나 곰팡이 같은 미생물계도 예외가 아니다. 유산균이 차지한 발효 식물에는 부패균이 발을 들여놓을 수 없고, 병원균도 접근조차 할 수 없다. 만일 이 균형이 무너지면 장에 유산균 저장 창고를 가진, 사람을 비롯한 모든 동물은 병원균의 침습으로 인해 살아남을 수 없을 것이다. 사람들이 먹는 알코올이나 항생제도 원래 세균이나 곰팡이가 서로 강자가 되기 위해 내놓는 무기이다. 차이가 있다면 이들은 손과 발로 직접 싸울 수 없다는 것뿐이다.

세상이 오직 이런 약육강식의 원리에 따라서만 돌아간다면 지구상의 모든 생물은 날마다 극심한 스트레스에 시달리며 살아가게 될 것이다. 하지만 약육강식의 법칙은 광대한 생물 현상 중 극히 일부분이기 때문에 우리는 안심하고 생을 영위할 수 있다. 그러므로 마치 이 용어가 생물 세계를 움직이는 유일한 원칙인 양 남용하는 것은 옳지 않다.

사랑하고 협력하는 동물들

나는 동물원에서 약육강식의 원리와 정반대에 있는 현상들을 종종 목격한다. 우선 동물들의 새끼 키우기를 예로 들 수 있다. 새끼들은 아마 세상에서 가장 약한 자로 분류할 수 있을 것이다. 약육강식만 있는 세상이라면 예외 없이 새끼들이 치이고 먹히겠지만 동물원에서는 그 반대 현상이 자주 일어난다. 엄격한 위계 사회인 원숭이 사회에서도 새끼들은 우두머리의 머리를 밟고 올라서서는 맨 먼저 볼에 먹이를 잔뜩 집어넣는다. 그래도 누구도 결코 이 욕심쟁이 꼬마들을 제재하지 않는다. 심지어 그런 새끼를 한번 안아 보려고 서로 싸움을 벌이기도 한다. 같은 원숭이끼리만 그런다면 자기들 새끼이니 그러겠지 싶지만 다른 종을 섞어 놓아도 마찬가지이다. 종이 무엇이든 새끼나 새끼를 데리고 다니는 어미는 집단적으로 보호받는 모습을 쉽게 목격할 수 있다.

사슴이나 멧돼지, 꿩의 새끼들은 어미에게 없는 반점 무늬와 줄무늬를 가지고 태어난다. 이 새끼 마크는 나는 새끼이니 공동으로 보호해 주고 돌보아 달라는, 무리 내에 통용되는 일종의 명령어와 같은 것이다.

한편 단독 생활을 영위한다는 호랑이나 표범들의 경우 사파리 내에 많은 수를 섞어 놓아도 예상 외로 평화롭다. 심지어 이종 간의 사랑으로 라이거나 타이곤 같은 새끼를 낳는 일도 벌어진다.

우리 동물원에 유난히 작고 병약한 막냇동생을 둔 호랑이 형제가 있었다. 이상하게도 아픈 동물들은 성질도 사나워져서 먹잇감이 들어오면 이 막냇동생이 다른 형제들은 얼씬도 못 하게 으르렁거렸다. 그러면 형제들은 짐짓 모른 척하고 슬슬 피해 주는 시늉을 했다. 그러다 막냇동생이 투병 말기에 이르자 어느 날 보다 못한 형제들이 그의 숨을 끊어 주었다. 나는 이것을 일종의 안락사라고 생각한다. 동물 세계가 온통 약육강식으로 점철되어 있다면 이것을 어떻게 설명할 수 있을까?

사실 동물들은 서로서로 도우며 살아가는 경우가 훨씬 많다. 동물들이 협력하는 것을 보면 경이롭기까지 하다. 박쥐들이 그렇게 동굴 벽에 온몸을 맞대고 다닥다닥 붙어 있을 수 있는 이유는 그만큼 동료애가 강하기 때문이다. 흡혈박쥐뿐 아니라 거의 모든 박쥐들이, 다치거나 임신하거나 새끼를 안고 있어 제대로 먹이 활동을 못 하는 박쥐들을 위해 먹이를 물어 와 그의 입에 넣어 주기를 주저하지 않는다.

그뿐이 아니다. 추운 지방에 사는 일본원숭이와 남극의 황제펭귄들은 추운 겨울밤이 되면 서로 부둥켜 안은 채 하나의 털 뭉치가 되어 추위를 이겨 낸다. 아침에 보면 맨 바깥쪽에 있는 동료의 등에는 새하얀 서리가 내려앉아 있지만, 털 뭉치 안쪽에 있어서 동료들과 체온을 나눈 녀석들의 몸은 그저 따뜻하기만 하다.

우리가 학교에서 배웠듯이 자연은 그리고 지구는 아주 촘촘한 생태 그물로 서로 엮여 있다. 동물들은 누가 생물학을 따로 가르쳐 주지 않아도 협력과 배려 같은 질서에 잘 순응한다.

동물을 비하하는 표현들

약육강식 외에 우리가 무심코 잘못 쓰는 표현들은 또 있다. 한 시사 프로그램을 보다가 아나운서가 정치권과 언론의 부적절한 공생 관계를 '악어와 악어새' 같은 관계라고 표현하는 것을 들었다. 대수롭지 않을지 몰라도 이 표현이 그 순간 내겐 매우 언짢게 들렸다. 악어와 악어새같이 좋은 관계를 왜 하필 인간사의 잘못된 관계에 빗대는 것일까?

원래 악어와 악어새의 관계는 매우 조화로운 관계이다. 악어새는 스스로 이빨을 관리하기가 힘든 나일악어의 이빨 사이에 낀 음식물 찌꺼기를 청소해 주고, 그 대가로 악어에게 풍부한 먹을거리를 안전하게 보장받는다. 그 관계는 말처럼 단순한 것이 아니라 오랜 진화의 산물이며 떼려야 뗄 수 없는 운명적인 관계이기도 하다. 이런 걸 '상리 공생'이라 부른다. 이런 공생 관계는 초식 동물과 그 반추위 내의 세균들, 개미와 진딧물 등등 동물계의 생태 그물 안에서 얼마든지 찾아볼 수 있다.

그러나 인간 사이의 관계, 특히 정치적인 관계 중에는 이합집산, 권모술수, 토사구팽 등 차마 사자성어가 아니라면 입에 담기도 힘든, 모략과 배신이 성행하면서 그때그때 필요에 따라 만들어지는 부적절한 관계들이 많은데, 이런 것을 악어와 악어새에 비유하는 것은 온당치 않다.

이런 사례는 악어와 악어새에 대한 정보가 부족해서 일어난 실수라고 할 수 있지만, 우리가 무심코 쓰는 말 중에는 알면서도 일부러 동물을 비하하는 것이 많다. 흔히 우리가 동물에 빗대어 쓰는 속어들 중에는 동물들이 알고 들으면 기분 나빠할 것들이 한둘이 아니다. 특히 인간에게 지극히 충성스러운 개와 돼지, 소, 닭에 관련된 말들이 많은데 그 대다수는 동물들을 비하하여 듣는 상대방으로 하여금 최대의 모욕을 느끼도록 하기 위한 것이다.

동물 똥에 관한 욕도 많이 하지만, 개똥은 오랫동안 열을 내리는 약으로 쓰여 왔고 지금도 돼지나 소의 똥은 비싼 퇴비 혹은 건축 재료로 요긴하게 쓰인다. 필요할 때는 가져다 쓰면서 한편으로는 비하하니 동물들이 안다면 얼마나 황당해할까?

물론 사람들이 칭찬하는 말을 할 때 동물들을 동원하는 일이 아주 없는 것은 아니다. 예컨대 사람에게 '동물적인 감각'을 가졌다고 하면 훌륭한 칭찬이 된다. 소걸음 하면 얼마 전까지 느림과 게으름의 표현이었지만 지금은 여유와 낭만을 상징하는 말로 쓰인다. 이런 표현들이 더욱 많이 늘어나면 좋겠다. 동물에 대해 더 많이 알아 나갈수록 동물은 무조건 인간보다 못하다고 치부하는 일도 줄어들고 나쁜 표현도 사라질 것이다.

10
동물원, 또 하나의 마다가스카르 섬

　동물들을 치료하다 보면 입에 미소가 머금어지고, 어깨가 으쓱해지는 순간이 많다. 바로 그 맛에 수의사라는 직업을 좋아한다.

　한번은 세인트버나드 개가 장염에 걸려 진료실로 들어왔다. 그 크고 명랑한 개가 기운이 하나도 없었다. 파보바이러스성 장염은 초기 사나흘간이 고비이고 이때만 넘기면 급속히 회복기에 접어든다. 그 고비 동안 주인과 수의사는 냄새나는 구토물과 피비린내 나는 설사 속에서 계속 죽음과 사투를 벌여야 한다. 나의 무기는 링거액이다. 녀석의 입과 항문을 통해 끊임없이 외부로 빠져나가는 수분과 전해질을 녀석의 몸에 다시 채워 넣기 위해 링거액을 투여한다. 개의 무기는 병을 이겨 내려는 끈질긴 삶의 의지와 기초 체력이다. 그렇게 나흘 정도 지난 어느 날, 그날도 진료하다 지쳐 쓰러져 있는데 어느 순간 개가 물그릇을 찾아 홀짝거리는 소리가 들려왔다. 회복이 된다는 첫 신호음이다. 나는 그런 소리가 세상 어떤 음악보다 듣기 좋다.

멀리서 마취시켜 데려온 표범이 15일 동안의 긴 단식을 풀고 드디어 소고기를 게걸스레 먹기 시작할 때, 반년 이상 먹지 않던 아나콘다가 따뜻한 온탕 목욕탕을 만들어 주었더니 한참 온욕을 한 후 마침내 닭을 몸으로 감고 조이기 시작할 때 느끼는 희열이란 말로 표현하기 어렵다. 갓 태어난 강아지가 미동도 하지 않기에 입 안 가득 코를 물고 양수를 쪽 빨아 냈더니 깨깽 하는 소리와 함께 발그레하니 살아나는 순간, 쓰러진 사슴에게 10분 동안 온 힘을 다해 심장 마사지를 했더니 마침내 다시 사슴의 심장이 뛰기 시작하던 순간의 그 기쁨이란! 꽥꽥 악만 쓰던 앵무새가 어느 날 내게 "안녕하세요!" 하고 인사를 건네 올 때도 그렇다. 비록 지나가는 짧은 순간이지만 내게 너무나 행복한 시간이다. 그것이 내가 동물원 수의사 일을 멈출 수 없는 이유이다.

하지만 이런 기쁨과는 별개로, 동물원의 존재 이유에 대해 고민할 때가 있다. 동물원은 없어져야 한다는 이야기를 요즘음 심심찮게 듣기 때문이다. 대표적인 이유는 두 가지이다. 하나는 경제성이 없다는 것이고 또 하나는 갇혀 지내는 동물들이 불쌍하다는 것이다.

둘 다 틀린 말은 아니다. 지금의 동물원은 사실 경제성이 거의 없다. 더구나 대부분 공공 조직에서 운영하는 우리나라 동물원의 경우, 주로 시민들의 복지 차원에서 설립되었기 때문에 애초에 경제성에 그리 큰 비중을 두지 않았다. 그래서 경제적인 눈으로 보면 터무니없이 넓은 공간을 차지하고 있고, 입장료 또한 극히 저렴하니 수지 타산이 맞을 리 없다. 이윤을 추구하는 소규모 동물원들이 있긴 하지만 사실 그들을 동물원이라 부르기에는 다소 무리가 있다. 시설이 너무 열악한 데다 파충류나 조류 같은 눈요기 동물 위주로만 전시하다 보니, 현대적 의미의 동물원으로서 기능을 거의 하지 못하기 때문이다. 오늘날 동물원은 종의 보존과 자연 학습, 레저라는 복합적인 기능을 수행해야 한다. 동물원이라기보다 큰 동물 전시실에 가까운 소형 동물원이 난립하는 것은 규제해야 한다는 생각이다. 신생 동물원도 더 이상 늘리는 건 반대한다.

한편 동물 복지 차원에서 보면 애초에 야생에서 자유롭게 뛰어놀 동물들을 좁은 동물원 우리에 가두는 시도에서부터 문제가 있었다. 고대 로마에서 호랑이나 사자를 콜로세움의 경기용으로 잡아들이지 않았다면, 유럽 귀족들 사이에 정원에서 사자나 호랑이를 키우는 유행이 퍼지지 않았다면 동물원이라는 이색적인 공간도 탄생하지 않았을지 모르겠다. 사실 평범한 서민들이야 그 사나운 야생 동물을 생포해 키운다는 것을 감히 상상이나 했겠는가.

서양 귀족들에게 야생 동물을 공급하던 이른바 중개상들이 더 많은 돈을 벌 목적으로 대중들을 겨냥해 근대적인 나열식 동물원을 건설하기 시작한 것이 동물원의 시작이다. 그것이 대중적으로 인기를 모으자 각 나라마다 경쟁적으로 동물원을 만들게 된 것이다. 동물원이 탄생한 배경에는 이렇듯 상업적인 의도가 강했지만 몇 백 년의 역사를 통해서 동물원은 그 나름대로 철학 혹은 문화성을 갖추게 되었다. 우리나라 동물원 역시 벌써 100년의 역사를 바라본다. 동물원의 역할도 계속 변화되어 왔다.

그런 동물원을 없애는 일은 단순히 부동산 하나를 없애는 일이 아니다. 동물원 공간이야 다르게 쓰면 된다지만 거기 살고 있는 동물들은 어찌할 것인가라는 큰 숙제가 남아 있다. 동물원에서 자라난 동물들은 이미 몇 세대를 거치는 동안 동물원 환경에 맞게 적응된 경우가 대부분이다. 그러지 못했다면 여태 살아 있지 못할 것이다. 그러니 당장 동물원이 없어진다면 그들은 자연의 미아가 되거나 죽임을 당할 운명에 던져질 수밖에 없다. 동물에 따라 그 종류와 수는 오히려 자연에 있는 야생 동물 수보다 많을 수도 있다. 이미 동물원에서는 자연에서 멸종해 가는 동물들을 복원해 자연으로 돌려보내는 일을 하고 있다. 동물원을 궁극적으로 없애기 위해 그들을 서서히 모두 자연으로 보낸다고 가정하자. 하지만 역사가 반복되지 않는다고 누가 보장할 수 있을까? 미래의 누군가가 새로운 동물원을 만들려고 시도한다면, 자연에 사는 동물들은 또다시 그 잔인한 밀렵의 과정을 겪게 되지 않을까? 그래서 나는 동물원을 없애야 한다는 주장에 선뜻 동의하기가 어렵다.

동물원 동물들은 이제 야생 동물도 아니고, 가축도 아닌 제3의 동물이 되었다. 그런 현실을 잘 보여 주는 영화가 바로「마다가스카르」라는 애니메이션이다. 제목처럼 마다가스카르 섬에서 일어나는 에피소드를 다루었다. 그 줄거리는 이렇다. 동물원에서 잘 지내던 사자, 기린, 얼룩말이 남극을 찾아가려는 펭귄들의 탈출극에 휘말려 배를 탔다가 엉뚱하게도 남극이 아닌 마다가스카르 섬에 좌초하고 만다. 정신을 차리고 보니 드디어 그들은 꿈에 그리던 야생 세계에 와 있다!

기린과 얼룩말은 제 나름대로 야생 생활을 좋아하지만 사자는 처음부터 영 불만투성이다. 동물원의 편안하고 안락하며, 자신을 우러러보는 듯한 환경이 그에게는 그리울 만큼 좋았던 것이다. 설상가상으로 배가 고픈데 한 번도 자기 힘으로 사냥해 본 적이 없는 사자는 갑자기 동료들이 사냥감으로 보이기 시작한다. 친구로 여겼던 얼룩말에 덤벼들려는 자신을 발견하고 자괴감에 빠진 사자는 결국 동굴 속에 칩거하고 만다.

이 영화에서 그려지는 동물들은 바로 동물원 동물들이다. 흔히 이들을 야생 동물이라고 하지만, 과연 이들을 진짜 야생으로 돌려보냈을 때 과연 얼마나 적응할 수 있을까? 90퍼센트 이상은 적응할 수 없을 것이다. 그 이유에는 여러 가지가 있다.

우선 이들은 많은 경우 동물원에서 태어난다. 동물원이 그들의 고향인 셈이다. 그중에는 아예 처음부터 사람이 길러 낸 동물들도 있다. 그리고 이들은 던져 주는 먹이만 먹는다. 스스로 먹이 습득 행동을 해 본 적이 한 번도 없다. 또한 이들은 도전적인 환경에 놓인 적이 전혀 없기 때문에 위험에 대한 준비가 되어 있지 않다. 만일 이 상태로 야생에 풀어 놓는다면 일단 초식 동물들부터 무리에 합류하기 어려워 포식자의 좋은 목표가 될 것이다. 혹은 스트레스로 자살을 택하게 될 것이다. 육식 동물들도 다르지 않다. 무엇부터 해야 할지 몰라 헤매고 다니다가 굶어 죽기 십상이다. 혹시 사람 주변에 얼씬거렸다가는 금세 목숨이 위태로운 지경에 처할 것이다.

최근 세계동물원수족관협회에서는 앞으로 동물원의 야생 동물은 오직 동물원끼리의 교환으로만 확보하겠다는 원칙을 내놓았다. 그 배경에는 야생에서 비싼 대가를 지불하고 데려온 동물들의 태반이 동물원에 오자마자 곧바로 죽는 현실, 그리고 소수의 동물들은 동물원에 적응하는 특이한 능력을 가졌다는 사실이 있다. 동물원에서도 가장 안전하게 동물을 획득하는 방법은 동물원 간의 교환이라는 것을 다 알고 있다. 이 또한 근친과 멸종을 막기 위해 동물원에서 당연히 해야 할 몫이다.

사실 관람객들 또한 동물원에서 야생 동물의 적나라한 행동을 보려고 오지는 않는다. 단지 그 동물들을 통해 야생의 모습을 더 구체적으로 상상하고자 할 뿐이다. 동물원은 세계 도처에 인공적으로 조성된, 또 다른 마다가스카르 섬이 아닐까?

사막의 파수꾼
미어캣

'태양의 천사', '사막의 파수꾼'이라는 멋진 별명을 가진 동물이 바로 미어캣이다. 생긴 것도 비슷하고 행동도 비슷한 프레리도그를 '초원의 개'라고 부르는 것과 비교된다. 미어캣은 암 컷 우두머리를 중심으로 50마리 정도가 무리로 뭉쳐 산다. 이들 무리를 보통 갱(gang)이 라 부르는데, 가족애가 강하고 다른 무리에는 배타적이다. 일어서서 망 보는 것으로 유명한 데 망을 볼 때는 우두머리부터 우선한다고 하니 '노블레스 오블리주'를 확실히 실천하는 훌 륭한 동물이다.

어린 왕자와 뽀로로의 친구
사막여우

사막여우 하면 어른들은 생텍쥐페리의 『어린 왕자』를, 아이들은 뽀로로의 친구 '에디'를 떠올린다. 나 역시 『어린 왕자』에서 사막여우가 했던, "다른 발소리는 나를 땅 밑으로 숨게 만들지. 하지만 너의 발소리는 음악처럼 나를 불러내게 될 거야."라던 말을 잊을 수 없다. 하지만 진짜 사막여우는 친근하지도 활발하지도 않다. 낮에는 굴속에서 대부분 잠자며 보내고 밤에도 조심스럽고 소심하게 움직인다. 그런 성격 탓에 사막을 벗어나지 못하는 건 아닐지.

산악의 배

과나코

이 날씬하고 아름다운 동물은 과나코다. 남미 안데스 산악 지대에서 살며 라마, 알파카와 같은 낙타과로 형제지간이다. 대륙에 사는 낙타들이 사막의 배로 불린다면, 과나코는 원주민들에게 산악의 배라 할 수 있다. 과나코의 털은 방한 의복의 밑천이기도 했다.

이렇게 멋진 줄무늬라니!

그랜트얼룩말

얼룩말은 검고 하얀 줄무늬로 유명하다. 이런 멋진 줄무늬에 관해서는 아직도 이론이 분분하다. 포식자의 눈을 피하기 위한 위장 무늬라고도 하고, 열을 식히는 작용을 하는 무늬라고도 하고, 흡혈하는 체체파리가 싫어하는 무늬라고도 한다. 검은 바탕에 흰 줄인지, 흰 바탕에 검은 줄인지조차 헷갈린다.

일생을 휴가처럼!
목도리여우원숭이

마다가스카르 섬엔 목도리여우원숭이 100여 종이 모여 산다. 다른 곳에서는 전혀 살지 않
는다. 오스트레일리아의 캥거루처럼 '섬 고립 진화'의 대표적 사례이다. 목도리여우원숭이
는 그야말로 순진한 섬 아이 같다. 낯선 사람에게도 친근하게 다가오고 공격적이지 않다. 무
리로 어울려 귀엽게 아장아장 걸어 다니기도 하고 단체로 팔 벌려 일광욕도 한다. 사람만 방
해하지 않는다면 일생을 휴가처럼 사는 낭만적인 동물이다.

무비 스타!
꼬리감는원숭이

「캐리비안의 해적」, 「박물관은 살아 있다」에 나온 바로 그 녀석이다. 이 원숭이는 조금만 길 들이면 사람을 잘 따를 만큼 영리하고 얼굴 표정도 매우 다채롭다. 부부간에 금실도 좋고 아 빠도 가족들을 잘 챙긴다. 엄마는 새끼가 엄마만큼 자랄 때까지 새끼를 업어 주고 달래 준 다. 새끼 주변에는 늘 보호해 주는 엄마가 기다리고 있다.

세상 누구보다 천천히, 오래도록!

육지거북

육지거북은 파충류로 분류하지만 뱀이나 악어와는 전혀 다르다. 식성도 완전한 채식주의자에, 성격도 정말 평화주의자다. 겁나면 도망치거나 공격하지 않고 갑옷 속으로 꼭 숨어 버린다. 그리고 세상을 누구보다 천천히 오래 살아간다. 200년까지 산 기록도 있다. 머리에 털이 하나도 없어 고승의 자태가 느껴지기도 한다.

숨 쉬는 기관차
인도코뿔소

마치 장갑을 갖춘 장군처럼 위용 있는 인도코뿔소다. 총알도 튕겨 나갈 것만 같은 몸의 장갑
은 피부가 늘어난 주름과 피부에 돋은 혹으로 연출된 무늬이다. 실제로 피부가 매우 두껍고
단단해서 숨 쉬는 기관차라 부르기도 한다.

재커스펭귄

남극 대륙을 대표하는 동물이 펭귄이긴 하지만 펭귄은 남극에만 사는 것이 아니다. 펭귄은 남미 해안에도 살고, 뉴질랜드나 오스트레일리아의 해변에도 살며 아프리카 희망봉 근처에도 산다. 재커스펭귄은 아프리카에 사는 펭귄으로, 아프리카펭귄 혹은 케이프펭귄이라고도 불린다. 수영도 잘하고 어느 기후대에서나 잘 적응해 살아 동물원에서 가장 인기 있다.

아마존이 나의 집
청금강앵무새

빛깔이 아름다운 앵무새는 300종이 넘는다. 그리고 저마다 고유하고 화려한 깃털을 가지고 있다. 물론 사람에게 잘 보이기 위한 것은 결코 아니다. 자기들끼리의 고유 표식이고 좋은 짝을 고르기 위한 치장 수단이다. 청금강앵무새는 세상에서 가장 큰 앵무새에 속하고 거대한 아마존 숲을 마치 제집인 양 자유롭고 활기차게 날아다닌다.

슈퍼 모델의 고독
홍학

가녀린 몸매, 몽환적인 눈빛의 홍학은 남들이 거의 안 사는 곳에 산다. 소금기가 많고 플랑
크톤이나 새우들만 겨우 서식하는 사해나 붉은 호수 같은 곳이다. 슈퍼 모델 같지만 고독하
게 사는 셈이다. 붉은 색소가 든 새우 같은 먹이 때문에 몸 빛깔조차 붉게 변했다. 물론 색소
가 없는 먹이를 먹는다고 색이 빠지지는 않는다. 홍학의 고유색이기 때문이다.

거대한 타운을 만들다
프레리도그

아메리카 대륙의 초원인 프레리에 사는 프레리도그는 다람쥐보다 크고 미어캣보다 작은, 다람쥣과의 아주 귀여운 동물이다. 서로 의사소통을 위해 컹컹 짖는 소리를 낸다고 해서 초원의 개라는 '비호감' 이름이 붙었다. 땅을 잘 파는데 땅속 집들이 모여서 거대한 타운 같은 독특한 지하 도시를 이루기도 한다. 사회생활이 잘 발달된 무리 동물이다. 가족이 사냥을 나가면 누군가는 일어서서 파수를 본다.

카멜레온

카멜레온은 자기들 마음대로 색깔을 바꿀 수 있을까? 그렇게 마술 같은 능력을 타고난 동물은 지구상에는 없다고 볼 수 있다. 단지 자기가 사는 좁은 환경에 맞춰 조금씩 몸 색을 바꿀 수 있을 정도다. 기본 바탕색은 녹색 계열이다. 자기들 딴에는 위엄 있게 보이려고 얼굴 앞에 뿔을 달기도 하고, 투구도 써 보고, 눈도 부리부리하게 굴리는 것 같지만 사실 느림보에 겁쟁이들이다. 그래도 얼굴 안에는 벌레에게 치명적인 무기인 긴 혀를 숨기고 있다.

턱수염을 기른 용
턱수염도마뱀

영어 이름인 비어드드래곤(Beard dragon)을 번역하면 '턱수염을 기른 용' 정도겠다. 오스트레일리아 사막에 사는 이들의 수염은 마치 사막의 선인장처럼 열기를 식혀 주고 물을 붙드는 역할을 한다. 주로 벌레를 잡아먹지만 성격이 온순하고 깨끗해서 사람들에게 무척 사랑받는 도마뱀이기도 하다.

세상에서 제일 큰 입

하마

하마는 물속에 사는 말일까? 아니다! 하마는 네 개의 발가락(우제류)을 가진 솟과 동물이다. 하마는 덩치도 크지만 입이 세상에서 가장 큰 동물이다. 그 입안에는 일고여덟 개의 쇠꼬챙이 같은 이빨이 길게 솟아 있어 하마의 영토(강이나 하천)에 들어온 어느 동물도 하마의 입질을 당하지 못한다.

착한 눈매의 소유자

퓨마

미국에서는 흔히 '쿠거'라고 불리는, 북미 최강의 고양잇과 동물이다. 명성에 비해 성격이 포악하지 않고 은둔을 좋아해 사람들을 거의 공격하지 않는다. 털이 벨벳처럼 두툼하고 부드러워 추위를 잘 견디고 산악 지형에서 잘 살아간다. 눈매만 보면 야수가 아니라 초식 동물처럼 보일 정도로 착하게 생겼다.

소리 없이 덮친다

표범

호랑이는 원래 두 종류이다. 줄범과 표범으로, 줄범이 우리가 아는 호랑이이다. 나무 위에서 소리 없이 덮치며 사람들을 해치는 호랑이는 주로 표범이라고 전해진다. 표범의 몸 무늬는 매화꽃 무늬라 불리는 멋진 무늬로, 재규어와 거의 비슷하지만 재규어 무늬 안에는 점들이 박혀 있다는 점이 다르다.

홍부리황새

우리나라 황새의 부리와 다리는 검은색인 반면, 유럽 황새인 홍부리황새는 부리와 다리 모두 빨간색이다. 높은 나무 꼭대기나 절벽 위에 나뭇가지로 거대한 둥지를 짓는데 매해 두세 마리씩 부화를 한다. 암수의 인연이 맞으면 평생 해로하는 부부애가 강한 동물로, 모든 일을 서로 분담한다. 목소리가 없어 사랑을 표현할 때면 목을 뒤로 젖히고 부리를 부딪쳐 딱딱딱 하는 소리를 만들어 낸다.

수수한 멋

아프리카회색앵무새

'알렉스'라는 앵무새가 있었다. 세상에서 가장 영리한 앵무새로 그냥 말을 따라 하는 정도가 아니라 대화가 가능했는데, 죽을 때도 "You be goog. See you tomorrow!" 하고 죽었다는 일화가 전해진다. 이 알렉스가 속한 종이 바로 아프리카회색앵무새이다. 앵무새는 주로 화려하지만 아프리카회색앵무새는 수수한 은색이다. 하지만 멋쟁이의 멋은 단순함과 악센트에 있듯 얼굴 주변 깃의 모양이 레이스 같아 은근히 멋스럽고, 꼬리 깃털 중앙에 화려한 붉은 깃털이 있어 정장 신사의 넥타이를 연상케 한다.

3장

대관령 목장의 풍경

군대에 다녀오고 정식 수의사가 된 후에 나는 무얼 해야 할지 고민을 했다. 우선 생각나는 것이 예전에 나를 충동질했던 대관령 목장이었다. 작은 반려동물에서 다 못 채운 지적 허기를 대형 동물에서 풀어 볼 수 있을까 하는 막연한 기대감도 조금 있었다. 또 군인 시절을 강원도에서 보낸 터라, 내 고향과는 다른 강원도 시골 풍경에 대한 향수도 남아 있었다. 그래서 졸업하자마자 배낭 하나 달랑 메고 잠깐 실습한다는 마음으로 대관령으로 무작정 올라갔다. '안 받아 주면 여행한 셈 치고 다시 내려오자.' 하는 가벼운 마음이었다. 하지만 목장에서는 일손이 필요했던 터라 나를 반갑게 받아 주었고 순박한 사람들과 함께하는 목장 생활도 무척 재미있었다. 대관령은 탁월한 선택이었다!

대관령에서는 신나고 흥미로운 일이 많았다. 강원도 특유의 감자, 야생 도토리, 더덕 등등 몸에 좋은 것을 소나 사람이나 다 같이 먹는 맛이란! 그동안 책에서 보던 수술이나 내과 치료도 직접 해 볼 기회가 얼마든지 있어 많은 것을 배울 수 있었다. 1년쯤 지나자 드디어 '누가 뭐라 해도 나는 수의사다.'란 자부심이 몸에서 절로 배어 나왔다. 실은 그 후 20년 동안 내가 수의사로서 해 왔던 진료의 대부분은 그때 배운 것이다.

많은 추억 중에서 소와 우유 그리고 소를 돌보느라 애쓰는 사람들 이야기를 조금 나누고 싶다. 우리가 늘 먹는 우유가 어떤 사람들의 정성을 거쳐 오는지 안다면 우유를 대하는 느낌이 많이 달라질 것 같다.

1
우유는 어떻게 만들어질까?

우리는 거의 매일 우유를 먹지만 우유가 어떻게 만들어지는지 아는 사람은 드물 것이다. 나 역시 대관령 목장에 가기 전까지는 우유에 대해서 잘 몰랐다.

우리나라에서 우유가 생산되는 가장 대표적인 곳인 대관령에는 두 개의 큰 목장이 있다. 한 목장은 라면도 만들고 목장 체험도 하는 기업이 운영하는 곳이고 또 한 목장은 아이러니하게도 시멘트 회사에서 하는 목장이다. 왜 여기서 시멘트 회사가 목장을 했는지는 잘 알 수 없지만 소문에 의하면 낙농 부흥을 위한 것이라고 한다. 시멘트 회사이다 보니 목가적인 삶이 그리웠던 걸까 하는 생각도 해 보았다.

대관령 목장은 규모가 꽤 크다. 여의도 면적의 5배가량이라고 하는데 내가 목장에서 생활하는 동안 과연 우리 목장 땅을 다 둘러보았을까 하는 의문이 들 정도로 크다. 대부분이 젖소를 먹일 풀을 생산하는 초지이고 나머지는 젖소들이 자유로이 풀을 뜯는 방목지이다. 방목지에는 나무와 야생초가 풍부하다. 우유 생산을 위해 만들어진 목장인 만큼 젖소가 2,000마리 정도 되고 그중 착유소는 500마리 정도 된다. 나머지 소 중 수소는 송아지 때 팔리거나 비육된 지 2년 정도 후에 고기 소로 팔린다.

암소는 육성우와 착유 소로 나누어진다. 육성우는 한 번도 새끼를 낳아 본 적 없는, 생후 2년 미만의 처녀 소를 말한다. 보통 생후 1년이 지나면 암소는 인공 수정에 들어가서 2년째부터 대부분 새끼를 낳고 그때부터 착유가 시작된다. 젖소라고 항상 젖이 넘쳐 나오는 건 아니다. 이렇게 생각하는 일반인들이 꽤 많은 것이 사실이고 고백하건대 나 역시도 대관령에 가기 전에는 젖소에 대한 상식이 전혀 없었다.

젖소는 새끼를 1년에 한 번씩 낳는데 출산 후 일고여덟 달 동안 계속 우유가 나온다. 물론 새끼를 위해서다. 그 후에는 젖이 말랐다가 다시 새끼를 낳으면 젖이 나오기를 반복한다. 그래서 젖소에게서 우유를 얻으려면 반드시 새끼를 갖게 해야 한다. 목장의 소 마리 수를 일정하게 유지하기 위해서라도 새끼가 계속 태어나야 한다.

그런데 어미젖을 짜 내면 정작 새끼는 뭘 먹고 클까? 새끼는 태어난 직후 어미 초유를 먹이고 얼마 후부터 짠 우유를 먹인다. 초유는 새끼의 면역력을 길러 주기 때문에 반드시 먹여야 한다. 그러다 일주일쯤 되면 대용유라 해서 분유를 물에 타서 먹인다. 한 달 정도 지나면 이유식을 시작한다. 송아지가 사람들에게 우유를 양보하는 셈이다. 물론 송아지의 의지에 따른 것은 아니다.

어미는 새끼를 낳으면 우유 생산이 최대가 되었다가 분만 후 7개월 정도 지나면 우유가 마르는데 목장에서는 그때에 이미 다시 새끼가 배 안에 들어가 있도록 한다. 새끼를 못 갖거나 우유 생산이 적은 소들은 안타깝게도 도태 명단에 올라간다. 도태란 도축장으로 데려가는 것이다. 치료할 수 없는 병에 걸리거나 사고로 다리가 부러져도 그 명단에 오르게 된다. 도태에 대한 결정은 주로 수의사가 하고 수의사는 도축장까지 동행하여 진단서를 발급해 주어야 한다.

착유는 하루에 두 번 하는데 주로 새벽 4시와 오후 4시에 한다. 착유는 어디나 진공 펌프 방식을 이용한다. 젖소에는 큰 젖이 4개가 있어 착유 세트도 4개가 1조이다. 젖소가 착유기 개수에 따라 착유실에 차례로 한 마리씩 모두 들어오면 문이 닫힌다. 착유기가 20개면 20마리가 들어온 뒤 문이 닫히는 식이다. 젖 주변의 오물을 샤워기로 씻고 마른 수건으로 잘 닦은 후 고무 성분의 착유기를 한 꼭지에 한 개씩 가져다 대면 진공 때문에 착유기가 젖꼭지에 착 달라붙는다. 착유기는 마치 사람 손이 하듯이 리드미컬하게 우유를 짜내 준다. 보통 이런 기계들은 네덜란드나 덴마크에서 주로 만들고 우리나라는 그것을 수입해서 쓴다. 이런 시스템을 처음 보면 아주 정교해서 놀라움을 금치 못한다.

젖이 다 짜지면 착유기가 알아서 젖에서 떨어진다. 그럼 젖꼭지에 요오드 성분의 빨간 소독약을 발라 준 뒤 젖소들을 한꺼번에 내보내고 다음 순서의 소들을 바깥에서 차례대로 들인다.

젖소들은 이미 이런 환경에 익숙해져 있어 천천히 움직인다. 진료 팀에서는 착유 중에 착유를 아파하는 소들, 중간중간 간이 검사한 우유의 체세포 수가 높은 소들을 걸러 낸다. 이것은 유방염 같은 염증이 있는 상태를 가리키기 때문이다. 체세포 수가 높은 소는 진료 동으로 옮긴 후 직접 손으로 우유를 짜면서 염증이 다 나을 때까지 치료한 후 다시 돌려보낸다. 그래야 깨끗한 우유 생산이 가능하고 소도 아프지 않다.

우유가 매일 생산되는 만큼 하루에 두 번 우유를 짜 주지 않으면 젖소들은 젖이 부어 못 견딘다. 어떤 일이 있어도 매일 짜 주어야 하고, 또 그날 생산된 우유는 그날 공장으로 실어 나가야 다음 우유를 짤 수 있다. 비가 오나 눈이 오나 우유를 계속 실어 나가야 하는데, 특히 대관령은 눈이 많이 와서 겨울이면 매일 불도저가 나서서 우유 차가 다니는 길을 터 주곤 한다.

목장은 목장장을 대표로, 초지를 관리하기 위한 각종 기계나 장비를 운영하는 기계 팀, 사무 팀에 약 스무 명 있고 사육과 진료를 담당하는 사육 팀에 수의사인 나와 수정사들, 목부 스무 명가량이 있다.

일의 특성상 대관령에는 여자가 많지 않다. 한 명도 없을 때도 있다. 두메산골인 데다 남자들이 많이 생활하기 때문에 여성이 일하기엔 좀 벅차다. 어쩌다 여성들이 오면 총각들 사이에 경쟁 관계가 될 때도 있고 더러 결혼을 하기도 한다.

환경 오염을 막으려면 배설물을 치우는 일도 매우 중요하기 때문에 목장 한가운데에 거대한 분뇨 처리장을 만들어 놓았다. 그 탓에 목장엔 늘 냄새가 가시지 않는다. 분뇨는 잘 말리고 숙성시켜 초지에 비료로 뿌린다.

대관령에 있을 때부터 나는 우유를 생으로 먹기 시작했다. 워낙 일이 힘들어 피곤하기도 하고 따로 군것질거리도 없었기 때문이다. 게다가 우유는 영양의 보고란 소리를 늘 듣고 자란 터라 우유를 영양식으로 인식하고 있던 때였다. 실제로 우유엔 단백질, 탄수화물, 지방이 고루 들어 있고 특히 칼슘이 많이 들어 있다. 우유란 새끼를 성장시키는 음식이기 때문에 성장에 필요한 모든 것이 갖추어져 있어야 한다.

목부들이 우유를 짜서 바가지로 먹는 것을 보고 나도 진료 동에서 가장 깨끗해 보이는 녀석을 골라 직접 손으로 우유를 짜서 한바가지 쭉 들이켜고 일을 시작했다. 생유 맛은 그냥 고소한 물맛이다. 맛이 투명하다고 해야 할까? 시중에서 파는 우유의 텁텁한 맛하고는 조금 다르다. 익숙해져서인지 목장에는 생유를 먹고 특별한 부작용이 생긴 사람은 거의 없었다. 나는 멸균을 안 거친 생우유도 먹었지만 시중에서 파는 모든 우유는 멸균을 위해 한 번 끓여 유통된다. 그리고 목장이나 우유 회사는 건강이 좋지 않은 소들은 최대한 걸러 내려고 늘 노력한다. 체세포 수 검사, 세균 수 검사, 항생제 검사를 통해서 우유의 깨끗함을 유지하려고 애쓴다.

치즈는 우유의 단백질을 걸러서 발효시켜 만든 식품이다. 우유의 핵심인 단백질 성분만 잘 걸러 내어 식품으로 만든 것이니 인간의 지혜로 만든 훌륭한 저장 식품이다. 청국장처럼 발효 식품 특유의 맛과 향이 있어 호불호가 갈리는 음식이기도 하다. 운반이 편리하고 관리하기가 좋은 식량이라 자주 옮겨 다니는 유목민이나 군인들이 휴대 식량으로 요긴하게 사용하곤 했다.

목장의 하루는 늘 비슷하다. 새벽에 일어나 착유하고 낮에 소를 방목하고 오후에 또 착유한 뒤 소에게 여물을 주고 일을 마무리한다. 목장은 1년도 거의 비슷하다. 계절마다 대표적인 일들이 있다. 봄에는 초지에 씨를 뿌리고, 육성우들을 다른 봉우리에 있는 육성우사에 올려 보낸다. 여름과 가을이면 비료를 주고 초지에서 풀 수확을 시작한다. 건초를 말리거나 엔실리지(작물을 베어서 저장탑이나 구덩이에 넣어 발효시킨 사료)를 담는다. 이때는 기계 팀이 무척 바빠진다. 겨울에는 소나 사람이나 휴식에 들어간다. 방목도 할 수 없어 소들이 우사에 집단으로 머무르는 탓에 아침이 되면 찬 공기와 소의 입김으로 겨울의 우사는 늘 안개가 낀 듯 부옇다.

2
목장의 핵심 업무, 인공 수정

목장의 하루는 새벽부터 시작된다. 목부들은 새벽 4시에 일어나 착유를 하고 소에게 사료도 주고 방목도 나간다. 나 같은 수의사나 수정사들은 그보다는 조금 늦게 일을 시작한다. 수의실에는 수의사 말고 수정사라는 분들이 있는데, 말 그대로 소의 수정을 담당하는 분들이다.

대목장에서 가장 신경 쓰는 중요한 일 중 하나가 바로 암소에게 새끼를 갖게 하는 일이다. 그 일을 하는 사람들이 바로 목장 수의사와 수정사들이다. 수의사는 수정을 비롯해 주로 1년의 번식 계획을 세우고 정액을 선별하고 구매하는 일들을 담당한다. 수정사들은 수정시키는 일에 좀 더 집중한다.

수정은 수소의 정자와 암소의 난자가 만나게 하는 일이다. 원래는 암수가 사랑을 나누다 보면 자연스럽게 되는 일이지만 불행하게도 목장 소들은 암수가 따로 떨어져 살아 이 수소의 역할을 수 정사들이 따로 맡는다. 일종의 인공 수정인 셈이다.

수정은 날마다 해야 한다. 주로 아침에 임신이 가능한 소가 있나 없나 확인한 후 오후에 수정을 한다. 인공 수정을 하려면 수소의 씨를 받아 적당한 영양분과 부동액을 섞어 냉동시킨 냉동 정자와, 이 냉동 정자를 암소의 몸에 넣어 줄 도구가 필요하다. 보통 '인공 수정 건'이라 부르는 이 기구를 소의 자궁 경관에 넣고 주사기처럼 손으로 꼭 눌러 주기만 하면 저절로 정자가 빠져나간다. 냉동 정자는 영하 200도가 넘는 질소 탱크에 보관해 두었다가, 수정 바로 직전에 따뜻한 물로 녹여 쓴다.

목장 수의사에게는 암소의 몸에 있는 조그마한 난소가 보석처럼 소중하다. 수정할 시점을 알 수 있게 해 주는 데다 다양한 불임의 원인도 이 난소에 있기 때문이다. 하지만 난소는 몸속에 있으니 정작 눈으로는 볼 수 없다. 수의사는 오직 손가락의 감각으로만 난소의 위치와 상태를 읽어 내야 한다. 이것을 직장 검사라고 한다. 소의 임신이나 수정 가능 여부를 확인하기 위해 소의 몸속에 직접 손을 넣어 검사하는 것이다. 손가락에 스치는 느낌으로 알아내야 하는데 이게 결코 쉽지 않다. 하지만 베테랑들은 손을 넣자마자 척척 알아낸다. 처음 대관령에서 직장 검사를 할 때 선배 수의사가 손을 넣고는 "얘는 임신 2개월, 얘는 내일 수정, 얘는 임신 3개월, 얘는 모레 수정, 얘는 임신 안 함." 하고 빠르고 정확하게 말씀하시는 것을 보고 무척 신기했던 기억이 생생하다.

　나 역시 대관령에서 첫 직장 검사를 할 때 제 위치를 못 찾아 한참 동안 헤맸던 기억이 있다. 그때 나는 위아래 비옷을 걸쳐 입고는 용감하게 소꼬리를 치켜들었다. 그리고 어깨까지 오는 소독된 비닐장갑을 낀 손을 무작정 항문 깊숙이 쑥 들이밀었다. 엉덩이를 쭉 빼고 엉거주춤 서 있는 모습이 누가 보아도 어색한 자세였다. 그런데 하필 소가 속이 무척 안 좋은 상태였나 보다. 내가 손을 넣자마자 그 소는 방구를 몇 번 툴툴 털어 내더니 설사 똥을 푹 날려 버렸다. 똥이 폭탄처럼 터진 그 순간, 나는 별 수 없이 머리끝부터 발끝까지 온통 똥을 뒤집어써야 했다. 주변에선 "어이쿠! 저걸 어떡하나?" 하면서도 우스워서 죽을 지경인 모양이었다. 얼굴이 달아오를 만큼 부끄러운 와중에도 소의 안부가 염려되었다.

　"전 괜찮아요. 뭐, 이 정도 가지고. 혹시 저 때문에 속이 상해서 그랬을까요? 제가 실수한 건 아니겠지요?"

　"염려 마! 그 소는 그냥 속이 안 좋을 뿐이야. 그런데 자네 손톱은 깎았나? 손톱이 직장 벽을 자극할 수 있어. 최대한 짧게 깎아야 해!"

　그런 우여곡절을 거치면서 나도 직장 검사의 감각을 익혀 나갔다. 그리고 마침내 첫 수정에 성공했을 때 나는 정말 어린아이처럼 좋았다. 굳이 커다란 의미를 부여하지 않더라도 누군가에게 새 생명을 불어넣어 준다는 것은 정말 특별한 느낌이었다.

3
출산하는 소와 목부들의 헌신

인공 수정을 한 뒤 이듬해 봄이 되면 소들이 하나씩 출산을 시작한다. 이때는 목부들이 늘 신경을 곤두세우고 있다. 날씨가 좋은 봄여름에는 목장에서 소를 방목하는데 이 방목 철이 곧 출산 철이기 때문이다. 이때는 젖소들이 방목장 아무 데에나 새끼를 낳는 경우가 많다. 어디에 낳든 대개는 어미가 잘 돌보지만 구덩이 같은 데 낳아서 새끼가 못 나오고 헤매기도 한다. 그래서 출산 철이 되면, 방목장 목부들은 계속 여기저기 돌아다니다가 새끼를 낳으려고 하는 젖소를 발견하면 재빨리 몰아서 분만실로 데려다 놓았다. 그리고 이미 낳은 경우에는 한 사람은 어미를 몰고 가고 다른 두 사람은 들것을 준비해 와서 새끼를 가마에 태우듯 태워 옮겼다. 송아지를 들것에 태우고 사람이 들고 오는 모습은 마치 이솝 우화의 『당나귀를 팔러 간 아버지와 아들』 이야기처럼 꽤 우습고 재미있는 풍경이기도 했다.

때로는 긴급 상황도 발생한다. 소가 난산이면 수의사가 조산사 역할을 해야 했다. 유난히 난산으로 고생을 했던 소가 아직도 기억에 선명하다. 그날도 여느 때와 다름없이 소 한 마리가 방목장 한 구석에서 새끼를 낳고 있었다. 그런데 유난히 우엉 우엉 하고 괴성에 가까운 소리를 계속 지르는 것이다. 현장에 급히 달려가 보니 새끼의 앞다리는 이미 나와 있는데 아무리 어미가 힘을 써도 새끼의 머리가 통 나오지 않는 거였다. 응급 구조 팀을 만들어 나와 목부 아저씨가 나서야 할 차례였다. 우선 목부 아저씨들과 함께 진통하는 어미 소를 겨우 일으켜 세워 분만실까지 몰고 갔다.

"언제부터 이렇게 진통을 하던가요?"

"글쎄, 그건 우리도 잘 모르지."

"어미 소의 상태를 보니 꽤 오래 진통을 한 모양인데 일단 새끼가 살아 있는지 먼저 확인해 봐야겠어요."

나는 송아지 상태를 살펴보기 위해 곧장 산도 입구로 손을 넣어보았다. 그런데 새끼의 머리가 잡히질 않고 등판만 잡히는 것이다. 아무래도 고약한 난산 같았다. 새끼의 자세부터 교정해야 했다.

목부 아저씨가 조산할 때 필요한 보조 도구인 분만 줄과 견인기를 가져다주었다. 이 도구들은 목장 사람이라면 누구나 다 안다. 소가 새끼를 못 낳을 때 송아지의 양쪽 발에 이 새끼줄 같은 하얀 줄을 각각 걸고 견인기로 천천히 끌어당기면 송아지가 쭉 끌려 나온다. 우리는 부랴부랴 본격적인 난산 구조 작업에 들어갔다. 일단 밖으로 나온 다리를 다시 자궁 안으로 전부 밀어 넣었다. 송아지가 나오는 자세가 애초에 잘못되었으니 넓은 자궁 안으로 다시 밀어 넣고 그 안에서 정상적인 출산 자세, 즉 '슈퍼맨이 나는 자세'로 만들어 주어야 했다.

"다 밀어 넣었으니 이제 정상으로 돌려 볼까요? 우선 머리부터! 좋았어. 그다음 앞다리 두 개, 좋아! 하나 잡았다. 오케이! 다리 두 개 모두 묶었고, 아저씨는 견인기를 잡고 계시다 제가 당겨요 하면 힘차게 잡아당기세요. 저는 머리를 누르고 있을 테니까요. 옳지! 앞다리 두 개 모두 정상 위치에 있고, 송아지가 거칠게 혀를 놀리는 걸 보니 아직까진 무사히 살아 있는 모양이에요. 자, 모두 준비 되셨지요? 당겨요!"

"영차, 영차!"

목부들이 구령에 맞추어 견인기를 잡아당기자 앞다리가 나란히 빠져나오고 드디어 머리가 보이고, 뿅 하고 머리가 나오더니 송아지가 스르륵 어미 몸에서 빠져나왔다. 그동안 나는 계속 어미 곁에 붙어서 어미가 아프지 않도록 그리고 송아지가 무리 없이 빠져나오도록 도왔다. 송아지가 땅으로 떨어지자마자 목부 아저씨는 얼른 달라붙어 송아지 털에 붙은 태막과 양수를 모두 제거하고는 능숙하게 새끼를 등에 거꾸로 들쳐 업었다.

"최 수의사! 이렇게 해야 송아지 입과 코 속에 남은 양수가 남김

없이 빠져나와 자유롭게 숨을 쉬게 되는 거여."

그건 알겠는데 그 덕분에 아저씨는 온몸이 양수와 소똥에 완전히 젖어 버렸다. 아저씨에 비하면 소들이 훨씬 깨끗한 편이었다. 나는 양수를 모두 제거하고 탯줄을 깨끗이 소독한 뒤 실로 묶어 주었다. 적당한 위치에서 잘 묶어 주어야 탯줄을 타고 세균들이 들어가지 못하고 배꼽이 잘 마른다. 송아지는 아주 건강했다. 세상에 막 나온 직후엔 정신없어 하더니 금세 정신을 차리고 음매 하며 힘찬 울음소리를 내질렀다. 아저씨와 나는 송아지에게 맨 처음 먹일 초유까지 모두 짜 준 후 축사에서 나왔다.

목장의 소들은 자기 몸을 사리지 않고 생명을 붙드는 이 목부들의 헌신으로 건강하게 태어나고 자란다. 우리가 마시는 우유는 그런 정성과 노력을 거쳐 배달된 것이다.

4
소가 아플 때 수의사가 하는 일

대관령 목장에서는 거친 흙과 자갈투성이인 언덕길을 따라 방목을 하다 보니 유난히 발과 관련된 질환을 가진 소가 많았다. 젖소를 방목해서 키우는 목장들은 대개 사정이 비슷할 것이다. 방목하는 젖소는 타박상이 많은 반면 가만히 축사에 있는 젖소는 발이 변형되어 자라거나 썩어 들어가는 병에 걸릴 수 있다. 이른바 부제병(foot rot)이다.

부제병은 발에 있는 각질 속에 갇힌 무수한 균들이 각질을 뚫고 나오지 못하고 다리 위로 향했다가 피와 만나서 염증을 일으키는 병이다. 부제병은 부위에 따라 발굽 사이 피부에 탈이 나면 지간부란, 발목 위가 부어오르면 제엽염, 발굽에 이상이 생기면 부제병 등으로 구분해서 부르기도 한다. 부제병에 걸리면 소는 마치 사람이 충치에 걸렸을 때처럼 아파서 죽을 지경이 된다. 치료법도 치과 치료와 아주 유사해서 우리가 치과를 두려워하듯 소들도 발 치료를 지극히 두려워한다.

최첨단 발굽 치료소를 열다

소의 발굽을 잘 관리하는 것도 목장 수의사의 주요 업무이다. 이 일도 상당히 고달픈 일이었는데, 소 발굽 전용 그라인더가 들어오면서 한결 수월해졌다.

기계가 처음 들어왔을 때 진료 팀 수정사들과 나는 더운 여름날 환축 동에서 땀으로 멱을 감은 적이 있다. 온몸이 땀에 젖는데도 소들이 시원하게 발굽을 다듬고 나갈 때마다 마치 새 신발을 신긴 듯한 뿌듯한 기분에 힘든 줄도 모르고 일했다. 같이 일하던 동료 역시 계속 감탄했다.

"이 기계 정말 멋져요! 이 기계 없을 때 어떻게 했는지 다들 아시잖아요. 낫으로 한 다리씩 겨우 깎아 내느라 한 마리 하는 데 한두 시간씩 걸렸잖아요. 힘쓰다가 손도 많이 베었고. 그런데 지금은 정말 좋은 세상 만났어요."

소들은 아픈 다리를 치료하니 정말 좋은 세상이었지만 우리는 꼭 그렇지만은 않았다. 좋은 기계가 생겼다는 소식에 목부들이 계속 다리 아픈 소들을 데리고 오니, 일을 멈출 수가 없었다. 일을 할수록 도태되는 소를 줄일 수 있다는 생각에 나도 쉴 수가 없었다.

멀쩡한 소들이 다리가 아파서 도태되어 나가는 것을 보면 마음이 무척 괴롭기 때문이다. 나는 "최 수의사님은 소만 좋아하지 인정머리가 없어요." 하는 원망을 들으면서도 앞장서서 일하자고 나섰다. 말은 그렇게 해도 수정사들도 나와 같은 마음이었다.

이 새로운 발굽 치료는 일단 앞에서 끌고 뒤에서 밀고 하여 좁은 기계로 소를 한 마리 밀어 넣는 것으로 시작한다. 앞뒤 문이 닫히면 틀을 소의 몸에 밀착시키고 네 다리를 밧줄로 고정한다. 그런 뒤 윙윙 하는 기계음과 함께 소를 발이 하늘을 바라보는 방향으로 눕힌다. 신기한 건 이래도 소의 배 안에 있는 음식물이 역류하지 않는다는 것이다. 소도 눈만 멀뚱멀뚱할 뿐 불편한 기색이 없다. 독일에서 만들었다는데 그들의 노고와 기술력이 새삼 대단하게 느껴진다.

이렇게 자세를 잡고 나면 본격적으로 사람들이 활약할 시간이다. 예전에는 작은 낫과 조각에 쓰이는 끌 같은 도구로 조각하듯 발굽을 다듬었지만 이 기계가 도입되면서 낫질에서 해방되었다.

"자, 우선 큰 덩어리부터 발에서 커터기로 떼어 낼게요!"

각질이 과도하게 자라 뾰족구두같이 된 것들은 커터기로 덩어리째 떼어 낸다. 큼직한 것들을 제거한 뒤 어느 정도 발굽 모양이 잡혔다 싶으면 그라인더질을 시작한다. 모양은 내 맘대로 해도 좋은데 난 송아지 발처럼 날렵하고 굽이 짧은 발 모양을 추구한다. 그라인더질을 계속하면 하얀 발바닥에 군데군데 검은 점들이 보

인다. 그쪽을 집중적으로 공략하다 보면 마침내 구멍이 뚫리고 그동안 소를 괴롭혔던 누런 고름이 시원하게 빠져나온다. 그러면 치료가 다 된 것이다.

그러고 나면 그 구멍으로 다시 균이 들어가지 않도록 소들을 깨끗한 시멘트 바닥에 일주일 정도 머무르게 한다. 발굽 사이가 혹처럼 부어오른 지간부란인 경우 최대한 염증 부위를 제거하고 잘 소독한 후 며칠 동안 소독을 반복한다. 혹이 암처럼 커진 것들은 발목 위를 묶어 혈관으로 마취제를 투입해 발목 전체를 국부 마취한 후 큰 덩어리를 아예 잘라 버리고 자른 부위를 불로 지진다. 과정만 보면 마치 조선 시대 고문실이 연상되기도 한다. 두 개의 발굽 중 염증이 유난히 심한 것이 있으면 최대한 깊게 깎아 내 치료한 후 나머지 한쪽 발굽에 시멘트로 나무판을 붙여 준다. 그러면 나무판이 닳을 동안 한쪽 발굽으로만 서 있게 되어 아픈 발굽이 물리적 압박 없이 회복할 시간을 벌 수 있다.

그동안 발굽 때문에 고생한 소들에게는 최첨단 발굽 치료소가 생긴 것이다. 한동안 우리는 마치 새로 치과를 차린 것처럼 하루의 절반 이상을 묶고 자르고 갈고 지지고 다듬는 고단한 치료를 하며 보냈다.

젖소의 지병, 전위증

대관령에 있을 때 책임 수의사로서 가장 많이 한 수술은 제4위의 전위 수술이었다. 전위증은 소의 네 개의 위 중 맨 마지막인 제4위가 스트레스나 소화 불량, 과식, 분만 등으로 인해 가스가 차서 부풀어 오른 것을 커다란 제1위가 꽉 눌러 버리는 병이다. 가스가 빠지려면 위가 움직여야 하는데 제4위는 자기보다 100배나 더 큰 제1위에 짓눌려 거의 그로기 상태에 빠지는 것이다. 그러면 제1위도 밑으로 음식물을 내려보낼 수 없게 되어 오히려 점점 더 부풀어 오른다. 엎친 데 덮친 격이 되어 버리는 것이다.

진퇴양난에 빠진 소화기는 새로운 음식을 전혀 받아들이지 못하게 되고, 소는 탈수와 고통으로 하룻밤 새에 눈이 쏙 들어가 버린다. 목부나 축주가 매일 관찰해서 조기에 발견한다면 약물로 간단히 해결할 수 있다. 조금 늦어도 역시 초기라면 상태에 따라 소를 오른쪽이나 왼쪽으로 한 바퀴 돌려 일으키면 치료가 가능하다. 이것마저 안 되면 수술을 해야 한다. 수술은 아주 간단하기 때문에 보통 초보 수의사들의 첫 수술 데뷔 작품이 되기가 쉽다. 나 역시 그랬다. 이 병은 정기적으로 먹이는 비육 한우나 수소들보다 젖 짜고 방목하는 젖소들에게서 많이 발생한다. 연령대 역시 생후 3년 이상 지나야 발생하기 시작하니 젖소의 지병이라 해도 맞는 말이라 하겠다. 진단은 아주 간단하다. 1만 원 정도 하는 기초 청진기

하나만 준비해서 소 옆구리에 대고 손가락으로 통통 두드려 보면 진단이 끝난다. 수술은 간단하지만, 소가 회복되는 모습을 바로 볼 수 있어서 가장 보람찬 수술이기도 하다.

한번은 이런 일이 있었다.

"수의사님, 이 녀석이 오늘 밥을 안 먹네요!"

목부 아저씨가 걱정스러운 얼굴로 데려온 소를 보니, 까만 소인데 꽤 말라 보였고 눈도 퀭했다.

"정말 오늘만 안 먹었어요?"

딱 봐도 일주일은 안 먹은 것같이 생겼기 때문에 다시 한 번 확인해 보았다.

"네! 그전에는 조금씩이긴 했어도 먹긴 먹었어요."

"그래도 상태가 안 좋았으면 바로 데려오셨어야지요!"

너무 늦게 온 게 아쉬워서 나도 모르게 조금 언성이 높아졌다.

"금방 좋아질 줄 알았어요. 무더위 철이라 가끔 하루씩 잘 안 먹는 소들이 나오거든요."

나는 목부에게 청진기를 끼워 주고, 소의 옆구리를 두드려 보았다.

"핑핑 하는 공기가 찬 소리가 나는데요."

정확히 표현했다. 그게 바로 '핑 사운드'라는 것인데 소 전위증에 나는 특이한 소리이다. 풍선에 가스가 가득 찼을 때 나오는 소리처럼 소의 위에 가스가 가득 차면 그런 소리가 난다. 소가 쉽게 쓰러지진 않지만 점점 심해지면 나중에는 정말로 아무것도 못하고 못 일어나게 된다.

일차적으로 소에게 하얀 가루 형태의 탄산수소나트륨 한 바가지를 물에 걸쭉하게 희석해서 먹였다. 잘만 하면 소에게 설사 효과를 일으켜 가스 일부가 액체화되어 미끄러져 나가는 극적인 효과를 볼 수 있다. 그러나 앓은 지 너무 오래된 소여서 전혀 효과가 없었다. 다음날 아침 본격적인 수술에 착수했다. 몸을 눕혀 돌리는 방법은 이미 약물이 몸 안에 들어가 있고 미처 빠져나오지 않은 상태라 구토의 우려가 있었다. 그래서 바로 수술을 선택하게 된 것이다.

"맛있는 걸 보고도 못 먹는 고통에서 해방시켜 줘야지!"

서서 지탱할 수 있을 정도로 약하게 마취를 하고, 옆구리 윗부분을 깔끔히 면도한 후 손이 들어갈 정도의 길이로 피부와 근육, 복막을 차례로 열었다. 그리고 풍선처럼 부푼 제4위를 발견하고 그 옆에 있는, 귀처럼 생긴 조그마한 근육을 두 갈래 실로 길게 묶어 복벽에 고정한 다음 의자에 올라서서 제4위에 작은 바늘을 꽂아 바람을 뺐다. 바늘을 넣는 순간 위에서 슈욱 하며 시원하게 바람이 빠지더니 배 안으로 갑자기 위가 사라져 버렸다. 그럼 일단 치료는 끝난 것이다. 소는 그 순간 환희를 맛보게 된다. 성질이 급한 소는 바로 앞에 있는 건초에 입을 가져다 대기도 한다.

그다음 할 일은 재발을 막기 위해 당분간 제4위를 복벽에 실로 꽉 묶어 놓는 일이다. 이럴 때는 내 손이 짧은 게 참 안타깝다. 손이 길면 실을 빼는 것이 훨씬 수월하기 때문이다.

수술을 마무리하고 나서 소의 얼굴을 보니, 녀석은 벌써부터 입맛을 다시고 있다. 어제 먹은 약도 벌써 설사로 쏟아 냈다. 약 먹인 것이 되레 문제를 일으킬까 봐 내심 걱정했는데, 그제야 안심이 되었다. 이럴 때면 비교적 간단한 수술이지만 생명 하나를 살렸다는 뿌듯함이 밀려온다.

대관령은 내게 그렇게 생명을 구하고 보살피는 일의 기쁨을 배우고 만끽하는 공간이었다.

4장

우리가 고기를 먹기까지

수의사란 직업의 딜레마 중 하나가 동물을 살리는 것도 수의사지만 죽이는 일 역시 수의사가 한다는 것이다. 당연한 말이지만, 사람들은 동물을 살리는 일에 더 종사하고 싶어 한다. 대학에서 수의학과를 선택하는 학생들도 모두 아프고 병든 동물들을 힘껏 치료해 살리는 꿈을 품고 진학할 것이다. 하지만 실제로 수의사가 하는 일에는 동전의 양면처럼 생과 사가 모두 포함되어 있다.

　　동물의 죽음을 다루는 대표적인 공간이 바로 도축장이다. 현직 수의사들도 대부분 도축장으로 가는 일을 꺼린다. 내 손에 칼을, 그것도 죽음의 칼을 쥐고 그 현장을 진두지휘하는 일을 반가워할 사람은 없을 것이다. 나 역시 수의사로 일하는 동안 죄 없는 가축들의 저승사자 역할을 하고 싶지는 않았다. 하지만 수의직 공무원이라면 도축장은 피해 갈 수 없는 코스이다. 나도 몇 해 전에 광주의 한 도축장으로 발령을 받아 간 적이 있다.

내키지 않는 마음으로 시작했지만 도축장에서 나는 많은 새로운 것들을 알게 되었다. 매일 출퇴근을 하고, 도부들과 정도 나누면서 소와 돼지, 그리고 고기에 대해서 새롭게 깨닫게 되었다. 도축장에 대해 갖고 있던 편견을 깨는 것은 물론 육식, 즉 고기를 먹는다는 것에 대해서도 다시 이해하게 되었다.

인간이 육식을 하는 한 동물들의 희생은 불가피하다. 나의 경험이, 우리가 먹는 맛있는 고기들이 어떻게 생산되고 유통되는지에 대해서 한 번쯤 깊이 생각하는 계기가 되었으면 좋겠다.

1
도축장은 어떤 곳일까?

옛날부터 도축장의 이미지는 별로 좋지 않았다. 도축, 도살이라는 말이 주는 어감부터 살벌하다. 그래서인지 도축장에서 일하는 사람들도 도축장보다는 작업장이라고 부르는 것을 선호한다. 동물 공장, 원료육 생산 공장 같은 더 부드러운 어감의 이름도 있지만 이름이 바뀐다고 해서 일의 본질이 바뀌는 것은 아니니, 작업장이라는 표현이 그나마 나은 것 같다.

과거에는 마을 잔치가 있을 때면 마을 사람들이 모여 마당이나 창고에서 소를 잡았지만, 오늘날에는 그렇게 하면 불법이다. 소나 돼지를 잡으려면 지정된 시설에서, 수의사의 검역을 거친 뒤에 잡도록 되어 있다. 그래서 나 같은 수의사들이 도축장에 파견 근무를 나가는 것이다.

오늘날의 도축장은 시설이 많이 현대화되었고 위생에도 무척 신경을 쓴다. 도부를 백정이라 부르며 천민으로 차별하던 시대와는 사회 분위기도 많이 달라졌다. 아직 터부가 완전히 사라진 것은 아니지만 그래도 직업의 귀천을 따지는 관습은 많이 사라졌다. 오늘날 도축장은 먹거리 산업의 중요한 역할을 하는 엄연한 기업이자 회사이다.

도축장은 어쩔 수 없이 죽음이 언제나 존재하는 현장이다. 그 사실 자체만으로도, 도축장에 대한 이미지가 좋지 못한 것은 당연한 일이기도 하다. 물론 공포 영화에 나오는 으스스한 공간과 도축장은 엄연히 다르다. 이곳에는 결코 감정에 따른 죽음이나 이유 없는 죽음이 없다. 그리고 죽음은 최대한 안락사를 추구하며 일하는 사람 모두가 죽은 동물에 대해 최대한 예의를 지킨다.

그럼 이곳에서는 어떤 사람들이 일할까? 우선 도축장도 회사라 회계나 접수 같은 사무를 맡아보는 몇몇 직원이 있다. 그다음엔 핵심 인력이라고 할 수 있는, 가축을 잡고 해체하는 도부들이 있다. 소를 맡은 사람을 보통 우부라고 하고, 돼지는 돈부라고 부른다. 주로 열 명에서 스무 명 내외로 구성된다. 너무 적으면 힘들지만, 너무 많아도 번거롭다.

도축 일은 빠르면 새벽 5시부터 시작해 서너 시간이면 끝나는지라 도부들은 퇴근 후 시간 여유가 가장 많은 사람들이기도 하다. 이렇게 일찌감치 일을 시작하는 것은 고기의 신선함을 유지하느라 자리 잡은 관행이다. 지금은 콜드 체인 시스템(전 유통 과정에서 신선도를 유지하는 냉장, 냉동 체계)이 발전해서 7시 넘어서 일을 시작하는 곳이 많다. 하지만 내가 일했던 호남권에는 생고기를 먹는 관습이 있어서 여전히 이렇게 새벽같이 일을 시작한다. 그래서 도축장에선 다양한 방식으로 도부를 고용한다. 파트타임으로 고용하기도 하고, 아니면 반장을 중심으로 팀을 만들어 운영하기도 하고, 직원으로 자체 고용하기도 한다. 도부 입장에서는 각 고용 방식에 따라 장단점이 있다. 비용 면에서 보면 일당을 받고 하는 게 낫고 안정 면에서 보면 직원이 되는 게 낫다. 도부마다 선호하는 바가 달라서 회사에서는 될 수 있으면 그분들이 원하는 고용 형태를 따른다. 보통 반장급 이상인 분들은 평균 경력이 30년 이상 되는데 소 한 마리를 혼자서 30분 내에 해체할 수 있다. 거기다 반장이 되려면 그런 기술 외에도 사장과의 교섭력, 직원 통솔력 등 다른 능력들도 겸비해야 한다.

도부들은 각 포지션이 정해져 있다. 일정 기간이 되면 다시 포지션을 바꾼다. 그렇게 각 포지션을 두루 거치고 나면 소 한 마리를 혼자 할 수 있는 역량을 갖추게 된다. 도부들은 가능한 모든 포지션을 다룰 수 있도록 훈련을 받는다. 그래야 누구 한 사람이 갑작스레 빠지더라도 일을 문제없이 진행할 수 있기 때문이다.

도부라는 직업은 어떤 면에서 꽤 괜찮은 직업이기도 하다. 일을 일찍 시작하는 대신 일찍 끝나기 때문이다. 새벽에 나와 두세 시간 반짝 일하고 점심시간이 되기 전에 퇴근하니 적어도 잠자기 전까지는 온전히 자유를 누릴 수 있는 직업이다. 오후에 취미 생활을 하거나 아니면 적성에 맞는 다른 직업을 또 하나 가질 수도 있다. 실제로 도부들 중에는 퇴근 후에 식당에서 아르바이트를 하거나, 태권도장을 운영하는 분도 있고 심지어 컴퓨터 정비사로 일하는 분들도 있다. 도축장이라는 이미지만 벗어던지면 장점도 많은 직업인 셈이다.

도축장에는 국가에서 파견된 공무원들도 있다. 도축 검사관, 검사원, 등급 판정사들이다. 도축장 규모에 따라 많게는 대여섯 명, 적게는 세 명 정도가 근무한다. 수의사가 맡는 것이 도축 검사관인데, 검사관의 역할은 말 그대로 도축 전반을 검사하는 것이다. 병든 소나 죽은 소, 무적(기록 없는 가축. 소, 돼지는 축산물 이력제가 전산화로 정착되었다.) 소, 국가 방역 사업에 결격 사항이 있는 소의 도축을 막는 것이 첫 번째 업무다. 또 도축 단계에서 내장을 검사하여 혹시라도 나올 병변을 모두 제거하고 결핵 같은 중요한 병에 걸린 소는 폐기 처리하도록 한다. 수의사에게는 자체적으로 판단해서 소를 폐기할 권한이 있지만 함부로 권한을 남용하지는 않는다. 주인들에게 소는 큰 재산이기 때문에 가능한 정해진 법률에 따라 신중을 기하게 된다.

등급 판정사는 고기의 품질을 담당한다. 축산물품질평가원에서 파견하는 직원으로 정식 명칭은 축산물품질판정사이다. 고기는 품질에 따라 등급이 나뉘는데 그 등급을 매기는 일을 하는 것이다.

돼지고기는 등급에 따라 아직까지 큰 가격 차이를 두지 않지만 소고기는 차이가 제법 난다. 1등급 한우니 하는 말들이 이 등급 판정사들에 의해 정해지는 것이다.

도축장은 오후 3, 4시에 하루의 일과가 끝난다. 그러면 오후에는 청소를 하고 은은한 클래식 음악(계류장에 들어온 소가 편안해지도록 이런 음악을 틀어 준다.)을 튼다. 그렇게 누군가에겐 무척 처참했을 하루가 마감된다.

도축장 직원은 아니지만 일하다 보면 늘 마주치는 반가운 얼굴도 있다. 박스를 줍는 분들도 그중 한 분이다. 도축장 주변에는 육가공품 회사들이 많아 매일 엄청난 박스 폐지가 나온다. 그래서 이런 분들이 거의 매일 출근하다시피 나오신다. 내가 있던 곳에서는 할머니 할아버지 두 분이서 이 물량을 모두 가졌다. 할아버지는 동쪽 분량, 할머니는 서쪽 분량을 사이좋게 나누어 맡았다. 아마 이분들이 도축장에 맨 먼저 출근하고 맨 나중에 퇴근하실 것이다. 그만큼 노동이 고되다. 고물상까지 1킬로미터가 넘는 길을 매일 리어카를 끌고 다니시는데 하루에 적어도 두 번 이상 왕복하시는 모양이다. 하지만 두 분은 늘 표정이 밝으시다. 일은 고되어도 마음이 참 부자이신 것 같다. 자녀들도 부모의 직업에 전혀 거리낌이 없다고 한다. 그런 모습을 보면서 직업에는 귀천이 없음을 다시 한번 느낀다.

2
가축의 운명과 수의사의 딜레마

수의사가 도축장에 가야 하는 이유는 명확하다. 건축, 토목에도 감리사가 있고 정부나 회사에도 감사관이 있듯, 육류 생산 현장에도 그런 감시의 시선이 있어야 한다. 이 현장은 늘 질병에 노출되어 있고 오염되기 쉽기 때문에 더욱 눈을 부릅뜨고 살펴봐야 한다. 인간이 채소만 먹고 살지 않는 한, 이 일은 수의사에게 주어진 필수적인 역할이자 누구에게도 양보할 수 없는 본업 중의 하나다.

소는 누군가에게는 재화이자 음식이고 생계 수단이다. 소가 중요한 재산인 농가를 위해, 또 사람들이 먹을 한 끼의 완벽한 식사를 위해 수의사는 맡은 임무를 결코 소홀히 해서는 안 된다.

그럼 수의사는 정확히 무슨 일을 할까? 수의사들이 도축장에서 하는 일은 도축 허가를 내리는 일이다. 다시 말하면 죽임을 허락하는 일이다. 도축장에서 삶과 죽음은 겨우 따뜻한 숨 한 번의 차이로 결정 난다. 하지만 그 절차는 결코 녹록지 않다. 새벽같이 출근한 수의사가 접수 장부를 확인하고, 개체의 수량과 건강을 확인한 뒤에야 도축이 진행된다. 일어서지 못하거나 질병이 현저한 가축은 집으로 다시 돌려보낸다.

소와 돼지는 도축장에 들어서는 모습만 보아도 대략 질병의 유무를 판별할 수 있다. 소나 돼지도 다 생물이라 생로병사를 겪으니 어리거나 나이 든 짐승들은 아무래도 거동이 불편하다. 또 단순한 위장염, 스트레스, 수송열(수송이 끝나고 폐렴에 걸려 호흡기가 급격히 안 좋아지는 병), 부상, 난산 등이 갑자기 생긴 채로 도축장에 오는 경우도 흔히 있다. 허약하거나 병의 증세가 농후한 가축들은 수의사의 재량에 따라 돌려보낸다. 하지만 '허약'이라는 데에 명확한 기준이 없기 때문에 어떤 수의사를 만나느냐에 따라 가축의 운명이 달라지기도 한다. 가축 입장에서야 기준이 엄격한 수의사가 낫겠지만, 농가 입장에서는 너그러운 수의사를 더 반가워할 것이다. 하지만 소비자의 입장에서는? 농가에 인심 좋은 수의사는 자칫 소비자들이나 같은 동료 수의사들에게 나쁜 수의사가 되기 쉽다. 하지만 꼭 인심 좋다는 소리를 듣고 싶지 않은 수의사라도, 가축의 건강한 정도에 대한 판단 기준에는 수의사의 재량이 많이 들어가기 때문에 날마다 줄타기를 해야 한다.

다행히 다우너(downer) 소, 즉 주저앉은 소의 경우 법적 기준이 비교적 명확하게 마련되어 있다. 소가 주저앉았다는 것은 중요한 신호이다. 소의 허약을 판단하는 일차 기준이 기립 가능 여부이기 때문이다. 즉 소가 서 있지 않고 주저앉아 있으면 문제가 있는 경우가 많다. 광우병이 널리 알려진 뒤 주저앉은 소를 보면 광우병이라고 짐작하는 이들이 많아졌다. 하지만 기립 불능이라고 해서 전부 다 광우병에 걸린 소는 아니다. 소는 일단 어딘가 아프면 광우병이 아니라도 일어나기를 꺼린다. 자세한 사정을 모르는 채로 무작정 광우병에 걸린 것은 아닐까 하고 걱정할 필요는 없다. 이렇게 단순한 오해가 널리 퍼진 데에는 도축장이란 곳이 어떤 곳인지 제대로 알려지지 않은 탓도 있을 것이다. 먹을거리에 대해서는 항상 신중에 신중을 거듭해야 하지만, 불확실한 정보를 토대로 너무 큰 불안을 조성하는 것도 경계해야 한다.

법적으로 도축을 허용하는 다우너 소의 경우로는 난산, 고창증(위에 가스가 차서 숨을 쉬기 힘든 병), 부상, 산욕 마비(체내 칼슘 부족으로 분만 후 소가 갑자기 일어나지 못하는 병)가 있다. 다우너 소를 도축하려면 이 네 가지 중 하나에 해당해야 한다. 그런 소를 진단한 수의사는 그에 대한 증명서를 발행해야 하고, 도축장 수의사는 이 증명서를 확인한 뒤, 소의 상태를 재확인하고 나서 도축을 허가할 수 있다.

일단 한 차례 점검을 마치고 나면 잠시 숨을 돌릴 수 있다. 그러다 도부들이 제 위치에 자리 잡으면 수의사도 그들 옆에 선다. 그러고는 도축의 전 과정을 관찰한다. 이때 그동안 배운 수의학의 모든 지식이 머릿속에 총망라된다. 수많은 질병 목록과 그에 따른 증상들이 집약되어 순간적인 판단에 이르러야 한다. 가벼운 증상만 가지고 제재를 가하면 한 재산이 걸려 있는 축산 농가와 소 구매자들이 울고, 용납할 수 없는 증상을 눈감아 주면 국민 건강이 위협받는다. 특히 인수 공통 전염병인 결핵이나 브루셀라병, 식중독균은 절대 도축장 밖으로 무사통과하게 해서는 안 된다는 사명이 수의사들의 어깨 위에 무겁게 놓여 있다.

검사 중에 질병 의심 내장이 발견되면 모든 공정을 일시 중지시키고 그 소에서 나온 식육을 포함한 모든 부산물을 한데 모아 따로 격리하여 냉장고에 보관한다. 그리고 그 의심 내장과 주변 임파절을 절제해서 즉시 실험실로 보낸다. 실험실에서는 밤을 새워 검사하여 다음날 아침에 있을 등급 판정 작업 전까지 질병 유무를 판별해 준다. 이런 과정을 통과한 식육은 다시 등급 판정사에 의해 최종적으로 고기의 질이 판별된 후 소비자에게 나가게 된다.

소와 돼지 모두 비슷한 과정을 거쳐 검사하는데, 조금씩 차이는 있다. 돼지를 검사하는 일은 시간도 많이 걸리고 무척이나 지루하다. 소는 한 시간에 30마리 정도를 보는데 워낙 볼 것이 크고 많아 지루한 줄 모르고 본다. 그런데 돼지는 한 시간에 100마리 정도를 보는 데다 내장 용적도 적어서 지나가는 라인 상의 내장을 쳐다보는 식으로 검사한다. 특별히 몸을 움직일 일이 별로 없다. 계속해서 지나가는 똑같은 것을 보고 또 보고 하다 보면 여기서 내가 뭐 하고 있나 하는 멍한 생각마저 든다. 처음에는 수의사라도 쉽게 볼 수 없는 동물의 내장이 신기해서 적극적으로 보지만 그런 신기함은 채 한 달이 가지 못한다.

그럼 그렇게 지루한 관찰 끝에 수의사가 걸러 내는, 질병 있는 동물들은 얼마나 될까? 사실 생각보다 많지 않다. 요즈음은 도축장 위생이 강화된 덕분에 질병이 의심되는 가축들은 아예 농가에서 내어놓을 생각을 하지 않기 때문이다. 내어놓아 봐야 어차피 통과하지 못할 것이니 헛수고를 하지 않는 것이다. 과거에는 동물이 살아 있기만 하면 비교적 너그러웠으나 요즘에는 어림도 없다. 너무 빼빼 마른 가축, 누운 가축, 질병 의심 가축은 법적으로도 도축을 거부하게 되어 있다.

식육 업체들도 문제 있는 소를 아예 사 오지 않는다. 그래서 도축장에 오는 소의 99퍼센트는 완벽한 건강 개체들이다. 수의사들은 그 나머지 1퍼센트를 걸러 내는 셈이다. 고작 1퍼센트를 위해서 국민의 세금으로 그곳에서 근무한다니, 하는 일이 너무 적다고? 하지만 수의사의 존재가 없다면 99퍼센트라는 비율을 결코 보장할 수 없다. 수의사의 존재 자체로 99퍼센트라는 확률을 미리 만들어 내는 것이다.

한편 '국민 건강'을 위해서 꼭 필요한 일이라고는 하지만 그건 어디까지나 사람의 입장에서 보았을 때 그렇다. 도축장에 들어서는 소와 돼지의 입장에서 보면 수의사란 저승사자나 다름없다. 나 역시 죄 없는 가축들에게 사형 선고를 내리는 기분이 좋을 리 없다. 도축장 수의사는 늘 그런 아이러니 사이에서 일을 한다.

가끔씩 동물들에게 '생명의 은인'이 되는 기쁨을 맛볼 때도 있다. 가축 주인에게는 미안한 일이지만, 불합격 판정을 내릴 때가 바로 그때이다. 도축장에 일단 들어온 소나 돼지가 도축의 운명을 피할 길은 거의 없다. 도망가지 못하게 사람들이 철저하게 감시하기 때문이다. 빠져나갈 수 있는 유일한 방법은 나 같은 수의사에게 생체 검사에서 불합격 판정을 받는 것이다.

"이 소는 너무 말라서 안 되겠네요."

"이 소는 병의 증상이 있어서 못 잡겠어요."

불합격 판정을 받은 소는 비로소 죽음의 통로를 유턴해서 유유히 빠져나올 수 있다. 그러면 소 주인은 아주 원망스러운 눈으로 나를 쳐다보고, 다시 더욱 못마땅한 눈으로 소를 쳐다본다. 그리고 투덜거리며 소를 차에 태워 집으로 데려간다.

운명이 바뀐 것을 소도 아는 것일까? 집으로 돌아가는 소의 눈을 보면, 소는 긴장을 완전히 풀고 편안해하는 것 같다. 집으로 돌아간 뒤에 다시 어떤 운명이 소를 기다릴지는 모르지만, 적어도 돌아가는 차에 타는 그 순간만큼은 누구보다도 평안한 눈빛이 된다.

그런 눈을 보고 있자면, 소에게 삶이라는 기적을 베푼 것 같은 나만의 작은 착각에 빠진다. 그래서 원망스러운 눈빛을 보내는 주인 뒤에서 몰래 슬그머니 미소를 짓기도 한다. 아주 가끔씩 찾아오는 그런 순간이, 도축장에서 일하는 고단함을 달래 준다.

3
생명을 대하는 도부의 마음

도축장에서 가장 핵심적인 사람들이라면 역시 도부들이다. 나 역시 도축장에서 일하면서 처음으로 도부들을 만날 수 있었다. 도부들은 참 재미난 사람들이다. 일단 도부들은 남자 중에서도 '상남자', 말 그대로 강한 남자들이다. 도부들을 보고 있으면 가끔 이곳이 도축장이 아니라 작은 소림사 같다는 생각이 들곤 한다. 도부 중에 무술 유단자가 많기 때문이다. 원래 있던 사람들은 물론, 새로 들어오는 사람들까지 어쩌면 다들 그리 화려한 무도 경력을 갖추었는지! 아예 시내에서 합기도장을 운영하는 사람도 있을 정도다.

게다가 도부들은 그 복장이 으스스할 정도로 독특하다. 처음 도축장에 왔을 때는 마치 공포 영화의 한 장면을 보는 듯했다. 더 정확히 말하면, 스릴러 영화에 나오는 연쇄 살인범을 현실에서 보는 느낌이 들었다. 도부들의 복장 때문이다. 도부들은 모두 흰 우의에 멜빵이 달린 흰 앞치마를 두르고 우의에 딸린 모자 속에 흰 헬멧을 쓴다. 장화도 누구에게나 필수인데 주로 흰 장화를 신는다. 팔에는 토시를, 손에는 면장갑을 낀다. 문제는 직업의 특성상 그 흰옷 위로 온통 빨간 핏물이 흘러내린다는 것이다. 거기다 한 손에는 커다란 칼을 들고 있으니 누가 봐도 공포 영화의 한 장면이다. 우리처럼 직업상 매일 마주치지 않는 사람이라면, 보자마자 기겁을 하고 달아나도 전혀 이상하지 않다.

이런 모습 때문에 편견을 갖기 쉽지만 알고 보면 또 이들만큼 속이 깊고 부드러운 사람들도 없다. 나는 그것을 도축장에 오기 전, 대관령에서 근무할 때 한 번 경험한 적이 있다.

대관령에서 임신 말기의 소가 울타리에 걸려 다리가 부러졌을 때였다. 손을 쓸 방법이 없어 결국 더 늦기 전에 도축장에 보내야 한다는 슬픈 결론에 이르렀다. 다리가 부러진 정도로 어떻게 그런 결론을 낼 수 있을까 싶지만, 소가 다리가 부러지는 것은 사람과 달리 아주 치명적이다. 일어설 수 없는 소는 활동을 못해 그대로 죽음에 이르는 경우가 태반이기 때문이다. 깁스도 할 수 없다. 워낙 덩치가 큰 동물이라 사람처럼 깁스를 두르는 치료를 하는 것은 꿈도 꿀 수 없다.

일단 결정이 내려지자 목장은 갑자기 바빠지기 시작했다. 수송을 해도 당장 목숨에는 큰 지장이 없을 거라고 하자 목장장님이

"그럼 이번에 실어 갈 육성 수소들과 같이 싣고 올라가요!" 하고 지시하시는 통에 데려갈 소를 고르고 몰고 싣느라 분주해졌던 것이다. 5톤 트럭에 아픈 암소 한 마리와 방방 뛰는 수소 다섯 마리를 태웠다. 그리고 나와 운전을 담당하는 목부 아저씨가 탔다.

목부들이 도축장에 갈 때 수의사는 자주 동행한다. 수송 도중에 날 수 있는 사고에 대비하고, 도축장에서 검사관 수의사와의 복잡한 관계를 다소 완화하기 위해서이다. 가는 길에 심심한 목부 아저씨의 말벗을 해 드리는 것도 중요한 업무다.

그런데 이번에는 특별한 임무가 하나 더 있었다. 그냥 소만 실어다 주고 오면 끝나는 게 아니라 도축장에서 엄청난 임무를 하나 더 부여받은 것이다. 출발 몇 시간 전에 목장장님이 나를 따로 부르셨다. 그리고 슬그머니 이런 제안을 하셨다.

"최 수의사, 그 소 임신 말기잖아. 혹시 새끼만 따로 꺼내 오면 안 될까? 도축장에서 제왕 절개를 하는 일이 있다던데."

도축 직전에 제왕 절개를 한다고? 나는 처음 듣는 소리였다. 그런데 듣고 보니 전혀 일리가 없는 말씀은 아니었다. 소는 이미 지친 상태이니 국부 마취만 할 수 있다면 제왕 절개가 가능할 것 같았다. 단지 도축장에서 허락을 해 줄지 그리고 어디서 그 수술을 할지가 고민이었다. 일단 시도는 해 보기로 하고 부지런히 수술 기구와 출산용품을 이것저것 챙겼다.

오랜만에 목장을 벗어나니 참 기분이 상쾌했다. 고속도로를 씽 씽 달리는 것도 즐거웠다. 하지만 소들의 운명을 생각하니 마음이 금세 무거워졌다. 차 뒤에 딸린 짐칸에 탄 소들은 처음 출발할 때는 무척 움직이더니 어느 정도 속도가 붙자 거짓말처럼 잠잠해졌다. 아픈 소는 계속해서 그 큰 수소들 사이에 앉아 있었지만 다른 소들은 모두 선 채로였다. 소들도 조용히 바깥 경치를 감상하는 듯 보였다. 아니, 그랬으면 좋겠다는 내 바람이었는지도 모르겠다. 흔히 도축장에 가는 소들은 제 운명을 알고 슬퍼한다는데 불행인지 다행인지 우리 소들 중에는 그렇게 슬픈 표정을 짓는 소들은 없었다.

가는 길에 목부 아저씨와 이런저런 이야기를 나누었는데, 한 가지 이야기가 기억에 남았다.

"나도 이거 하면서 별 일 다 겪어 봤어. 한번은 저 날뛰는 육성우를 열 마리 싣고 가는데 그만 몇 마리가 서울 시내 한복판에서 도로로 뛰어내렸지 뭐야."

"그래서 어떻게 됐어요?"

"내가 우왕좌왕하니까 경찰이랑 시민들이 보고 있다가 한두 사람씩 자기 일을 제쳐 두고 직접 나서서 소를 몰아 주지 뭐야. 그것도 무척 재미있어하면서 말이야. 꼭 스페인에서 집단으로 소몰이하는 것 같았다니까. 아마 어렸을 때 농촌에서 소 좀 몰아 본 모양이야. 그래서 금방 해결됐어."

내 경우와 같은 것은 아니었지만, 아저씨의 일화가 어쩐지 마음에 위안이 되었다. 그 덕분에 긴장도 많이 풀렸다. 이야기를 나누다 보니 금세 서울의 한 도축장에 도착했다. 도착하자마자 나는 그곳에 검사관으로 있는 수의사를 찾았다.

"임신 말기에 부상을 당한 소가 한 마리 있거든요. 도축장에 들어가기 전에 수술해서 새끼를 꺼내고 들여보내면 안 될까요?"

이 수의사도 처음 듣는 이야기인 듯했다. 하긴 그런 일이 흔할 리는 없을 것이다. 호기심도 생기고, 좋은 일이라 생각했는지 다행히 내 부탁을 기꺼이 들어주었다.

"그게 가능해요? 그럼 제가 순서를 뒤로 미루고 도부들한테 사정을 이야기해 둘 테니 한번 해 보세요."

그렇게 허락을 받고 다른 소들을 다 내린 뒤에 한쪽 구석으로 들어갔다. 이제 본격적으로 수술을 해야 했다. 나는 차 위에서 엉거주춤한 자세로 제왕 절개를 시작했다. 정말이지 진땀 나는 순간이었다. 급한 마음에 운전을 해 준 목부 아저씨에게 이것저것 부탁을 드렸다.

"죄송하지만 아저씨가 보조 좀 해 주세요. 우선 주사기에 든 마취제 좀 주실래요? 메스도 좀 주시고요. 자, 이제 송아지 발 보이시지요? 제가 말하면 바로 잡아당겨 꺼내세요. 자, 지금이요, 당겨요!"

다행히 송아지는 어미 배 속에서 잘 이끌려 나왔다. 난 얼른 송아지 코에 묻은 양수를 닦아 주었다. 그런데 송아지가 숨을 잘 쉬지 않는 것 같았다. 나는 앞뒤 잴 것도 없이 내 입을 송아지 코에 대고 한참 동안 숨을 불어넣었다. 송아지는 그제야 겨우 숨을 쉬기 시작했다.

다행히 급한 순간은 넘겼으나 마음은 부산하기 이를 데가 없었다. 아무 정신도 없이 한참 송아지를 문지르고 있을 때였다. 갑자기 내 머리 위에 그늘이 생겼다. '무슨 일이지?' 하고 고개를 들어 보니 주변에 무서운 아저씨들 여럿이 나를 빙 둘러싸고 보고 있었다.

"이거 웬 송아지유?"

"방금 수술해서 낳은 송아지예요. 어미 소는 다리가 부러져서 도축장으로 들어갔고요."

"오래 일하다 보니 별일이 다 생기네. 여기서 소를 살릴 때도 있고 말이야."

정신을 차리고 보니 이들은 모두 이 도축장에서 일하는 도부 아저씨들이었다. 그 사실을 알고 나자 나는 아차 싶었다. 도축장에서 멋대로 수술을 한다고 난리를 피우고 있으니, 여기서 일하는 분들에게는 실례가 아닌가. 하지만 그것은 내 기우였다. 사정을 알고 나자 갑자기 나보다 도부 아저씨들이 더욱 분주해졌다.

"갓 난 송아지는 뜨신 물로 목욕을 시켜야 하는 거여. 잠깐 기다려 봐. 내가 뜨신 물 좀 받아 올게."

"우유는 먹였어? 한 시간 안에 초유를 먹여야 할 텐데."

"그렇게 천천히 닦아서 되겠어? 피가 돌려면 박박 문질러야 하

는 거여. 잠깐 비켜 봐! 내가 좀 닦아 줄게."

모든 도부 분들이 나서서 도와주시는 바람에 나는 갑자기 정신이 하나도 없어졌다. 워낙 소를 잘 아시는 분들이라 내가 딱히 설명하지 않아도 알아서 척척 송아지를 돌보았다. 한참 동안이나 직접 목욕시키고 닦아 주고 코를 훔쳐 주고 한바탕 난리를 피우셨다. 그러고는 할 일이 딱 끝나자마자 내가 고맙다는 인사를 드릴 새도 없이 썰물처럼 사라졌다. 도부 분들이 지나간 자리에는 아주 깔끔하게 변한 송아지만 남아 있었다.

멀끔해진 송아지를 보고 있자니, 마음속에 진한 감동이 몰려왔다. 도축장 분들이 누구보다도 더 송아지의 탄생을 반가워하고 정성껏 돌봐 주시다니. 일을 마치고 돌아온 목부 아저씨도 이 광경에 놀라워했다.

"세상에, 나도 이런 일 처음 봐. 못 하게 할 줄 알았는데. 다들 이렇게 관심을 가져 줄 줄은 꿈에도 몰랐네!"

나는 그 이후 도축장에 가면 도부들을 더욱 친근한 눈으로 바라보게 되었다. 도부의 복장에도 거부감이 없어졌음은 물론이다. 도축장에서 일한다고 해서 죽음에 무감각해하거나, 생명을 하찮게 여기는 사람은 없다. 오히려 더욱 생명을 아끼고 돌보고, 살아 있는 동물에 애착을 가진다. 이 당연한 사실을 나는 이날 온몸으로 이해할 수 있었다.

4
소의 눈을 관찰하다

도축장은 나 같은 수의사에게는 좋은 교실이기도 하다. 소와 돼지에 대한 여러 가지 궁금증을 해소할 수 있기 때문이다. 나는 한동안 도축장에 온 소와 돼지들의 눈을 유심히 관찰한 적이 있다. 짐승과 눈을 마주치는 일은 적어도 도축장에서만큼은 결코 유쾌한 일이 아니지만, 나는 특별한 궁금증이 하나 있어서 유심히 소의 눈을 들여다본 것이다. 그 의문은 바로 이것이다. 소도 눈물을 흘릴까?

돼지와 달리 소에 대해서는 남다른 정서를 가진 사람들이 많다. 사실 소는 우리 민족에게 특별한 의미가 있는 짐승이다. 이중섭 화가의 「황소」 그림을 비롯해 근현대 문학 작품이나 미술 작품에서 소가 친근한 동물로 그려진 것만 보아도 남다른 애착을 느낄 수 있다. 또 소는 지능이 높고, 마치 강아지처럼 주인을 잘 따르니 섬

세한 감정이 있을 거라고 생각하는 사람도 많다.

그래서인지 많은 사람이 소도 우느냐는 질문을 자주 한다. 운다고 믿는 사람도 많다. 나는 이곳에 오기 전까지 그에 대해 정확히 답할 수 없었다. 소가 울 수도 있겠지 하고 지레짐작하면서도 정말 그럴까 하는 의구심을 떨치지 못하고 있던 터였다.

처음 도축장에 왔을 때 계류장에 있는 소들을 한동안 유심히 살펴보았다. 이곳만큼 소의 인생에서 슬픈 곳이 또 어디 있으랴. 소에게 눈물이 있다면, 다른 곳이 아니라 여기에서 흘릴 것이다. 도축을 기다리는 소의 운명을 안타까워하면서도, 나는 못내 호기심을 누르지 못하고 수많은 소들의 눈을 유심히 관찰해 보았다.

소도 울까?

소들은 보통 도축 하루 전에 계류장에 묶어 놓기 때문에 생각만 있으면 볼 기회가 많다. 그래도 다른 사람들이 그런 곳을 기웃거리면 소도둑으로 오해받기 십상이지만 나는 어엿한 수의사 가운을 입고 나타나니 누구도 뭐라고 하지 않는다. 그래서 호기심 많은 나 같은 수의사는 도축장의 이모저모를 마음 놓고 살펴볼 수 있다.

나는 자주 계류장을 찾아갔다. 죽음을 앞둔 녀석들은 대개 앞으로 닥칠 운명을 직감한 듯한 표정이었다. 물론 내 착각일지도 모른다. 소는 그래도 눈이 인간의 눈과 닮지 않은 데다 사람을 똑바로 쳐다보기를 꺼리기에 그 시선이 가슴에 찌릿찌릿 와 닿지 않지만 돼지는 다르다. 돼지는 눈 크기나 형태가 인간과 흡사하고 사람의 눈을 똑바로 쳐다보기에 녀석의 눈빛을 보면 일순간 가슴이 찌릿해 온다. 마치 나를 얼른 여기서 구해 달라는 투로 보이기도 하고 거의 체념한 듯이 보이기도 한다. 모든 돼지가 다 나를 쳐다보는 건 아니다. 꼭 한두 녀석이 나와 눈이 마주친다. 그럴 땐 조금 같이 마주 보다가 이내 외면해 버린다. 아무래도 미안한 마음이 들어서다. 물론 매일 같은 일을 하다 보면 그런 시선이 주는 가책이 마음에 오래 머물지는 않는다. 만약 끊임없이 양심의 가책을 느꼈다면 나는 이 일을 계속하지 못했을 것이다. 이럴 때면 사람의 마음이 참 간사하다는 생각이 든다.

그 눈빛이 주는 스산함과 쓸쓸함을 견디면서 나는 매일매일 계류장을 들락거리며 소들을 관찰했다. 그렇게 관찰한 소가 1,000여 마리가 되는 듯하다. 일일이 세면서 보지는 않았지만, 그 정도는 족히 넘고도 남을 것이다. 이 관찰 집단을 토대로, 도축장이라는 '정황'을 근거로 감히 결론을 내려 보자면, 소는 울지 않는다. 소에 대한 낭만적 향수를 간직한 분들에게는 미안한 소식이지만, 소는 정말 눈물을 흘리지 않았다. 돼지도 그랬다. 물론 1,000마리 중에 두 마리 정도는 눈에서 물이 나오긴 했다. 눈이 촉촉해졌는데, 정확한 이유는 알 수 없지만 슬퍼서 우는 거라고 보기는 어려웠다. 한쪽 눈에서 그야말로 물을 뚝뚝 흘린 소가 딱 한 마리 있긴 했다.

저것은 정말 눈물 같다는 생각에 다른 쪽 눈을 살펴봤더니 그쪽에서는 흐르지 않았다. 물론 소들은 한쪽 눈으로만 볼 수 있는 단안시이다. 사람은 양쪽 눈의 초점을 모아서 보는 양안시라서 소와 눈의 구조가 조금 다르다. 원숭이나 호랑이, 붕어 정도가 사람과 같은 양안시이다. 한쪽 눈으로만 눈물을 흘린 소는 눈에 결막염 같은 게 있는 것 같았다. 눈에서 물이 나왔으니, 눈물이라고 부를 수는 있겠지만 우리가 생각하는 눈물은 분명 아니었다.

그럼에도 불구하고 사람들이 소도 눈물을 흘린다고 생각한 이유는 소에게 감정 이입이 돼서 그런 것이 아닐까 조심스레 추측해 보았다. 지금처럼 대량 사육 체제가 아니던 시절에는, 시골에서 애지중지 보살피던 소들을 도축하러 나왔을 터이니 감정 이입이 되지 않을 수 없었을 것이다. 또 소도 주인이 그동안 키워 준 정성과, 함께 살아 온 시간이 있으니 마음이 슬프리라고 짐작하기가 쉬웠을 것이다.

하지만 요즘 가축들은 대량 사육 체제이기 때문에 가축 주인도 개별 소에 대해 전처럼 깊은 애착이 있지는 않다. 나처럼 '한가한' 사람이나 소의 눈을 유심히 들여다볼 뿐, 정작 가축 주인들은 소의 감정에 무심한 경우가 많다. 사실과는 조금 다를지라도 차라리 소가 눈물을 흘리더라고 생각하던 시절이 더 인간적인 듯하다.

영웅 소를 바라보는 심정

소는 울지 않는다고 자체 결론을 내렸지만, 그렇다고 소가 감정이나 성질마저 없지는 않다. 그건 도축 과정을 지켜본 사람이라면 누구나 알 수 있다. 소와 돼지의 개성을 가장 잘 볼 수 있는 곳도 바로 여기 도축장이다. 도축장에는 여느 축산 농가에서도 쉽게 볼 수 없는 특이한 소들이 많이 온다.

한번은 소를 검사하다가 드물게 오는 장님 소를 보았다. 사람들이 뒤에서 소를 몰아오는데 다른 소보다 여유 있게 천천히 움직이는 소가 보였다.

"그 소는 왜 그렇게 느려. 빨리 좀 몰아 봐."

누군가 외치는 소리에 소의 주인이 응답하는 소리가 들렸다.

"얘는 원래 이래! 앞이 안 보여. 장님이야, 장님!"

그 말을 듣고 귀가 번쩍 뜨였다. 장님이라 해서 내가 검사한다고 나설 이유는 없었지만 매우 흥미가 당겼다. 한쪽 눈이 백탁으로 안 보이는 소들은 있어도 양쪽 눈이 모두 그런 경우는 매우 드물기 때문이다. 소는 눈이 정말 크다. 그리고 눈꺼풀이 무거운지 눈이 멀어서도, 죽어서도 눈을 감지 못한다.

나는 장님 소에 가까이 다가가서 눈을 자세히 보았다. 정말 양쪽 눈동자 가운데 모두 하얗게 백탁이 끼어서 아무것도 안 보이게 생겼다. 그래도 궁금해서 소 눈앞에 손을 쑥 들이대 보았는데 소는 전혀 놀라는 반응이 없었다.

"언제부터 이래요?"

"애는 태어나면서부터 이랬다고 하던데요. 그래도 끄떡없이 컸대요. 사료도 냄새를 맡아 잘 찾아 먹고, 새끼도 잘 키우고."

나는 제자리로 돌아와서 다시 천천히 다가오는 그 소를 한참 동안 바라보았다. 다른 소에 비해 녀석은 마치 설렁설렁 나들이 나온 모양으로 가볍게 안으로 향하고 있다는 느낌이 들었다. 눈먼 것이 이런 순간엔 꼭 나쁜 것만도 아니구나 싶으면서도 그 모습이 더욱 애잔했다.

농가에서 보았다면 또 달랐겠지만, 여기에서 장님 소를 보고 있으려니 불쌍하다는 생각보다 차라리 다행이라는 생각이 들었다. 살벌한 풍경을 굳이 목격하지 않아도 되니 말이다. 죽음이라는 운명 앞에서는 눈 뜬 소들보다 훨씬 나을지도 모르겠다.

한편 일반 소보다 훨씬 작은 난쟁이 소도 본 적이 있다. 생후 6년 된 소라고 하는데, 이상하게 나이에 비해 몸무게가 450킬로그램으로 가벼웠다. 어딘가 아프거나 성장이 처진 녀석이 들어왔나 싶어서 자세히 보니 원래부터 참 아담한 크기의 소였다. 다른 소와 나란히 서 있는데 키가 다른 소의 3분의 2밖에 안 되었다. 난쟁이 소인 셈이다.

키는 작지만 자태도 당당하고 털에도 윤기가 흘렀다. 사이즈가 작으니 더 예쁘기도 했다. 수의사 일을 대관령에서 젖소들과 함께 시작해서 그런지 나는 원래 사이즈가 작은 소들을 꽤 귀여워하는 편이다. 그런데 이 소를 보니 어찌나 귀여운지 다른 소들은 아무것도 아니었다.

"저 소는 마치 애완용 소 같아요. 아이들이 타고 놀다 떨어져도 걱정 없을 것 같아요."

곁에 있던 사람들에게 농담을 던지니 다들 고개를 끄덕거렸다. 여섯 살이 되도록 여태 도축장에 안 낸 것을 보면 주인도 이 소를 귀여워했던 모양이다.

생김새가 특이한 소들도 있지만, 행동이 특이한 소도 있다. 여러 소가 모여 있는 곳에서 유난히 행동이 눈에 띄는 소들이 있다. 한번은 가히 소들의 영웅이라 불러도 손색없을 만한 소를 보았다.

그 소는 암컷이었는데, 제 앞에 있던 소가 죽어 가는 것을 본 모양이다. 슬금슬금 뒷걸음질을 치더니 멀찌감치 뒤로 달아났다. 그걸 가만히 놔 둘 사람은 없다. 그런데 사람들이 몰려가 소를 다시 앞으로 보내려고 이리 몰고 저리 몰고 해도 요지부동인 채 움직이지 않았다. 오히려 눈에 불을 켜고 되받으려 덤벼들었다. 이쯤 되면 소도 죽음을 인지한 것으로 보아야 할 것 같다. 두려움과 공포의 감정도 느끼는 것 같다. 소는 죽기 아니면 까무러치기의 자세로 버텼다. 항복할 기미가 없다. 이러면 최후의 방법만 남는다. 사람들은 견인기로 소를 끌어 올렸다. 힘 대 힘으로 대결하는 셈이다. 소의 힘이 아무리 좋다 해도 견인기를 당해 낼 수는 없다.

이렇게 기계까지 사용해야 하는 소는 결코 흔하지 않다. 여러 사람을 고생시키긴 했지만 죽음 앞에서 극렬히 저항하는 모습은 깊은 인상을 남겼다. 나에게는 그 모습이 마치 한낱 짐승이라고 함부로 대하는 사람들에게 소도 고통을 느낀다고, 소도 죽음을 알 수 있다고 온몸으로 알리는 것만 같았다. 마음이 뜨끔했다. 내가 할 수 있는 것은 없었지만, 마음속으로나마 소에게 이렇게 외쳐 주었다.

'잘 가라, 소 영웅아! 그래도 넌 끝까지 멋지게 반항했어!'

도축장은 농가가 아니라서 짐승의 개성을 일일이 파악하기는 힘들지만, 그래도 한번씩 이렇게 '성깔'을 목격하게 된다. 돼지는 무리 동물이라서 개성이 있어도 뚜렷이 발휘되지 않지만 농장에서 한두 마리씩 온 소들은 두려운 가운데서도 각자 개성들을 보인다. 그 개성을 발휘할 기회는 두 번 있다. 차에서 내릴 때와 10미터 정도의 도축대로 향할 때이다. 대개는 집에서 온순하게 키웠기 때문에 사람들이 몰면 알아서 잘 따라간다.

그러나 간혹 이런 영웅 소처럼 고집 센 녀석들이 있다. 한 발짝도 안 들어가겠다고 버틴다. 급기야 주저앉아 아예 일어서려고 하지 않는 녀석들도 몇 달에 한 번씩 꼭 나타난다. 눈치를 봐서 감시가 약간 느슨한 틈에 철 울타리를 넘어 튀는 녀석들도 1년에 한 마리꼴로 생긴다. 그런 녀석들은 눈빛이 남다르기 때문에 노련한 도부들은 미리 알아본다. 그럼 소와 도부의 신경전이 시작된다. 도부와 실랑이를 벌이는 소들을 보면 안타깝지만, 그런다고 운명이 달

라지는 것이 아니니 소가 빨리 포기했으면 좋겠다는 것이 솔직한
심정이다.

　마침내 도축이 되는 날, 소는 계류장에서 도축장까지 한 마리만
지나갈 수 있는, 좁은 죽음의 길을 가야 한다. 그 긴 줄에 서면 그
들에게도 죽음이란 게 보이는 모양일까? 보인다 한들, 소 입장에
서 할 수 있는 일은 거의 없다. 앞뒤로 다른 소들이 있어 그 길에서
빠져나올 도리가 없다.

5
소가 더 나은 생을 누리려면

도축장에는 등급 판정사라는 사람들이 있다. 소고기 등급제가 시행되면서 생겨난 직업이다. 이렇게 간단히 말하지만 사실 등급제가 시작된 이후 이 판정사들은 참 파란만장한 시간을 지나왔다. 판정사의 역사를 생각하면 판정사들은 그야말로 전쟁이 터지자마자 바로 전선으로 나가야 했던 군인에 비유할 수 있다. 그만큼 판정사 제도가 정착되기까지 우여곡절이 적지 않았다.

우리나라에 등급제가 시행된 것이 1992년부터인데, 나라에서는 시행되자마자 바로 판정사들을 뽑아서 도축장에 투입했다. 기본 훈련만 받고 들어온 이들이 도축장 사정을 속속들이 알 리가 없었다.

한편 도축 회사에서는 갑자기 시작된 등급제에 대해 큰 반감을 가지고 있었다. 그동안 관행처럼 모든 고기가 등급에 상관없이 유통되었기 때문이다. 절차상의 문제도 있었다. 등급제가 시행되기 전에는 소들도 지금의 돼지처럼 당일 도축하여 따뜻한 상태로 인계되었다. 그러나 등급제가 시행되면서 하루 동안 냉장실에 넣어두어야 하는 불편함이 생겼다. 등급은 차가울 때 판정하기가 쉽기 때문이다. 도축장에서는 냉장 시설을 늘려야 하니 등급제를 좋게만 볼 수가 없었다.

그러니 도축 회사로서는 판정사가 오는 것이 반가울 리 없었다. 많은 경우 시설이 갖추어져 있지 않은 상태여서 판정사가 들어오는 것을 꺼렸다. 반기지 않기는 식육 업체 사람들도 매한가지였다. 이들은 등심이 훼손된다거나 하는 이유를 들어 제도를 달가워하지 않았다. 그야말로 과도기적 상황이었다.

문제는 이런 불평불만의 화살이 모두 판정사에게 집중적으로 쏟아졌다는 점이다. 등급제는 국가에서 시행한 일임에도 당장 눈앞에 보이는 사람이 판정사다 보니 그렇게 된 것이다. 판정사들의 마음고생, 몸 고생이 이만저만이 아니었다. 도축장마다 고작 한두 명 파견되는데, 이들이 그 모든 돌을 맞아야 했으니 등급제 도입 초창기에 그들의 고생은 그야말로 한 편의 드라마였다고 할 수 있다.

도축장에는 초기 판정사들이 겪은 각종 수모와 곤욕들이 마치 전설처럼 입에서 입으로 전해진다. 나도 여러 가지 이야기를 흥미롭게 들었다. 어떤 곳에서는 판정사들이 일하러 들어가지 못하도록 방을 폐쇄하는가 하면, 판정사들이 출근하고 싶은 마음이 들지 않도록 공포 분위기를 조성하기도 했다고 한다.

지금이야 다 지나간 일이니 재미있는 에피소드로 남아 있지만 당시 판정사들 입장에서는 정말 곤혹스러웠을 것이다. 이는 현실을 고려하지 않고 정책을 만들 경우 현장의 실무자들이 어떤 곤란을 겪게 되는지를 잘 보여 주는 사례이기도 하다. 정책 결정자의 입장에서는 좋은 시스템을 갖추는 것이 최우선이겠지만, 현실은 그렇게 녹록하지 않다. 시스템이 현실에 잘 정착하기 위해서는 훨씬 더 많은 노력이 필요하다.

소고기 등급제는 높디높은 현실의 벽을 초기 판정사들이 하나둘씩 자력으로 극복해 간 사례다. 이들의 노력이 없었다면, 오늘날 등급제가 잘 정착되지 못했을 것이다. 등급 제도에 얽힌 '전설'을 들을 때마다, 이들의 노고에 박수를 쳐 주고 싶은 마음이 든다.

우여곡절 끝에 등급제가 정착되었지만 문제는 남아 있다. 등급제가 가진 여러 장점에도 불구하고, 현장에서 살펴보면 폐단들이 조금씩 눈에 띈다. 현행 등급제에서 높은 등급을 받는 소는 대개 살찐 소, 보기 좋은 소이다. 한마디로 지방 함량이 높은 소들이다. 이런 소가 높은 등급을 받다 보니, 축산 농가에서는 그야말로 소를 살찌우기 위한 갖가지 방법이 다 동원된다.

우선 소들은 운동을 많이 하면 안 된다. 많이 움직이면 몸에서 기름이 빠져서 등급이 낮아지기 때문이다. 운동을 안 한 소일수록 육질이 부드러워지고 맛도 좋아진다. 운동 부족 소들이 귀한 대접을 받는다. 하지만 소 입장에서는 그런 대접이 별로 달갑지 않을 것이다. 그런 몸을 유지하려면 평생 목초지 한번 원 없이 밟아 볼 수 없는 신세가 되기 때문이다. 아무리 식육을 위해 기르는 가축이라고 해도, 시멘트 바닥 위에서만 지내게 하는 것은 너무 가혹한 일이다. 소가 자기 자연 수명에 비해 짧은 생을 살 수밖에 없는 데에도 등급제가 관련이 있다. 현행 등급제에서는 태어난 지 60개월 이상인 소는 한 등급씩 깎여 나간다. 이런저런 사정을 알고 나면 소들이 더욱 측은해진다. 소도 가축이기 이전에 하나의 생명일진대, 이런 대우를 하는 것이 과연 옳을까?

이런 문제가 있는데도 등급제를 실시하는 가장 큰 이유는 인간의 기호 때문이다. 이른바 마블링 효과라고 해서 고기에 기름이 있으면 불판에서 지글지글 잘 익고 맛도 좋다. 우리나라같이 불고기를 선호하는 문화권에선 더욱 그런 고기를 원한다. 사람들이 입에서 살살 녹는 연하고 부드러운 고기를 원하니 등급제를 벗어나기 힘들다. 사실 자연에서 방목해서 근육미가 넘치는 소의 고기가 맛있다고 말하기는 힘들다. 고기 맛은 대부분 지방이 좌우하기 때문이다. 맛은 쉽게 바꿀 수 없고, 입맛도 또한 그렇다. 그보다는 사람들의 동물, 특히 가축에 대한 인식이 바뀌어야 비로소 해결할 수 있을 것이다. 맛에 관한 고정관념을 극복하려는 노력, 지방이 적은 고기로도 맛있는 요리를 개발하려는 노력, 고기를 맛있게 숙성시키는 방법에 대한 연구 등 다양한 노력이 뒤따른다면, 소들이 좀 더 나은 생을 누릴 수 있을 것이다.

6
도부의 간절한 기도

도축 현장에 서서 생을 마감하는 동물들을 바라보는 기분이 씁쓸한 것은 어쩔 수 없다. 그래서 처음 도축장에 왔을 때 나는 도축이 끝나면 반드시 기도를 하자고 마음먹었다. 죽어 가는 소들을 보고 나니, 기도라도 하지 않으면 며칠 동안 그 트라우마를 극복하기 힘들었기 때문이다. 처음 두 달 동안은 정말로 열심히 기도를 했다. 우리를 원망하지 말고 잘 가라고, 미안하다고 하며 여기서 죽어 간 모든 축생들의 명복을 빌었다. 다음 생엔 사람으로 태어나라는 기도도 했다. 동물들에게 가 닿지 않을 기도라는 것을 알면서도, 그나마 기도라도 하지 않으면 견딜 수 없을 것 같았다.

하지만 그것도 잠시일 뿐, 몇 달쯤 지나자 기도를 전혀 안 하게되었다. 트라우마를 극복해서가 아니다. 그저 반복되는 일상에 무디어진 것이다. 또 내가 하는 기도는 사실 축생들이 아니라 내 마음의 안식을 위한 행동이라는 것을 깨달았기 때문이다. 하지만 무디어졌다고 해서 아무렇지 않은 것은 결코 아니다.

도축장에서 근무한 지 1년이 지나도록 마치 누군가에게 한 대 얻어맞은 듯 가슴이 먹먹해지는 느낌은 도무지 나아질 줄을 몰랐다. 그런 느낌마저 극복하는 것은 아무래도 불가능할 것 같았다. 검사만 하는 나도 이러한데, 직접 동물들을 상대하는 도부들은 어떨까? 도부들의 가슴에 불어닥치는 회오리는 얼마나 강렬할까?

그래서 가축을 최대한 고통 없이 보낼 수 있도록 많은 사람이 고민하고 연구한다. 실제로 동물이 조금이라도 덜 고통을 느끼는 쪽으로, 계속해서 방법이 나아지고 있다. 물론 그렇다고 해서 도부들의 부담이 아주 덜어지는 것은 아닐 것이다.

그럼 도부가 조금이라도 덜 괴로울 수 있는 방법은 없을까? 이런 질문 앞에서 많은 사람이 기계를 떠올릴 것이다. 하지만 기계를 섣불리 도입하게 되면, 사람은 조금 편해지지만 가축이 더 큰 고통에 빠질 수도 있다. 행여 기계가 잘못되기라도 하면 소는 얼마나 끔찍하겠는가. 기계 앞에 몸을 맡기는 것도 소 입장에서는 곤혹스러운 일일 것이다.

어느 도부 분과 이에 대해 이야기할 기회가 있었다. 그분은 평상시에 늘 조심한다는 말로 자신의 마음을 전했다.

"생계를 위해 하는 일이지만, 소를 생각하면 참 못 할 일이지요."

이 도부는 도축장 바깥에서 좋은 일을 많이 하려고 애쓰신단다.

될 수 있으면 다른 사람들에게 나쁜 짓을 하지 않고, 화도 내지 않으며 좋은 일만 보려고 한다. 그의 어머니도 나쁜 일을 하지 말라고 늘 충고하시면서 아들을 위해, 그리고 아들의 손에 희생되는 축생들을 위해 날마다 절에서 열심히 불공을 드린다고 했다. 도부만의 아픔이자 터부이다. 우리가 맛있게 먹는 고기는 이런 도부들의 마음을 거쳐 우리에게 온다.

내가 있던 도축장 앞에는 공교롭게도 커다란 미루나무 세 그루가 서 있었다. 새벽이면 나는 그 미루나무를 한 번씩 쳐다보곤 했다. 달과 별이 걸려 있기도 하고 바람이 이따금씩 머물다 가기도 했다. 보이지 않는 작은 바람조차 이 미루나무 잎사귀를 가늘게 흔들며 존재감을 과시한다. 미루나무는 이곳에 도착하는 소와 돼지를 바라보며 서 있다. 그들이 도착할 때마다 유난히 더 흔들리는 것 같은 건 나만의 느낌일까?

나는 이 미루나무들이 꼭 저세상으로 가는 동물들의 마지막 길을 배웅해 주는 것만 같다. 동물들을 위로하기 위해 슬퍼도 꿋꿋이 그곳에 서 있는 것만 같다.

7
소를 위해 헌신한 학자

도축장은 동물들에 대한 배려가 별로 없이 인간의 편의 위주로 지어져 있다. 이런 도축장 건물에 동물을 배려한 구조를 설계해 도입하려고 노력한 학자가 있다. 템플 그랜딘(Temple Grandin)이라는 여성 동물학자다. 나는 얼마 전에 이 과학자를 다룬 영화 「템플 그랜딘」을 통해 알게 되었다. 도축장을 본격적으로 다룬, 거의 유일한 영화가 아닐까 한다.

그랜딘은 어렸을 적부터 자폐증을 앓았는데 오히려 그 덕분에 동물들과 가까이 있을 수 있었고 그러면서 동물들의 마음을 헤아릴 줄 알게 되었다고 한다. 그런데 도축장에 갔다가 큰 충격을 받았다. 너무나 인위적으로, 동물들을 전혀 신경 쓰지 않고 만들어져 있었기 때문이다. 그랜딘의 눈에 도축장은 그저 고기를 생산하기 위한 원료 공장 그 이상도, 이하도 아니었다. 동물들은 동료들의 죽음을 눈앞에서 계속 목격하면서 몸부림쳤지만, 뒤따라오는 동료들에 의해 밀려 들어갈 수밖에 없는 구조였다.

거기서 충격을 받는 것으로 끝났다면 그랜딘은 그저 평범한 여성으로 남았을 것이다. 그렇게 하는 것이 평범한 사람들의 일반적인 행동이기도 하다. 잔인한 장면을 볼 때는 고통스럽지만, 일단 그 공간을 벗어나고 나면 쉽게 잊는다. 하지만 그랜딘은 동물을 사랑하는 사람으로서 동물들을 위해 무언가 하고 싶었다. 우선 도축장의 구조를 개선해야겠다고 생각했다.

그래서 발명한 것이 동물들이 동료의 죽음을 목격하지 않아도 되는 칸막이식 이동로, 그리고 서로 부딪히는 것을 최소화할 수 있는 원형 이동로이다. 이 시설이 설치되면 동물들은 직선으로 이동하는 것보다 훨씬 더 자유로운 분위기 속에서, 강제력 없이 이동할 수 있다.

그랜딘의 노력은 거기서 끝나지 않았다. 침지(소 전체, 혹은 부분을 약물에 담그는 방법으로 약욕이라고도 한다.) 용기도 개발했다. 그전에 침지 통은 소가 가다가 갑작스레 물속에 빠져 온몸에 약을 칠한 후 겨우 다른 끝으로 헤엄쳐 빠져나와야 하는 구조였다. 그저 인간들이 가는 목욕탕을 단순히 변형한 형태였던 것이다. 하지만 이 구조는 어떤 소에게는 다소 위험할 수도 있다. 정상적인 소라면 원래 헤엄을 잘 치니 그럭저럭 빠져나올 수 있지만 건강이 나쁘거나 어려서 헤엄이 미숙한 경우에는 익사할 우려가 있기 때문이다.

그랜딘은 입구와 출구를 경사면으로 설계해서 소가 자연스럽게 천천히 물속으로 들어갈 수 있게 했다. 그리고 잠깐의 침지 후에 발판을 밟고 안전하게 빠져나올 수 있도록 했다. 소들은 비록 그전에 비해 몸을 약하게 담그게 되었지만 적어도 익사의 위험은 사라지게 되었다.

사실 이런 설계의 필요성을 모르는 사람은 드물다. 또 설계 자체가 아주 까다로운 것도 아니다. 그저 알면서도 개선할 의지가 없었을 뿐이다.

그랜딘이 이 구조를 설계한 뒤에도 자발적으로 이 침지 방식과 도축장 이동로를 채택한 작업장은 미국에서도 그리 많지 않았다. 그로부터 몇 십 년이 지난 후에 사람들의 동물에 대한 의식이 높아지고 동물 복지에 대한 생각도 많아지자, 그리고 위생에 대한 욕구도 높아지자 그랜딘의 설계가 다시 머리에 떠올랐을 뿐이다.

그랜딘은 외면받는 곳에서 작은 시작을 했다. 당시엔 별다른 주목을 받지 못했지만 지금은 도축장 개선의 선구자로 인식되고 있다. 인간이 아름다운 건 이렇듯 다른 종을 위해 헌신하는 이타적인 이들이 있기 때문이다. 고기를 아예 먹지 않고 살 수 있는 것이 아니라면, 우리의 식탁을 위해 희생되는 동물들을 위해서 우리가 해야 할 일이 무엇인지 생각해 보는 것도 필요하다. 우리나라에서도 더 많은 실천과 아이디어가 나왔으면 좋겠다.

5장

동물들이 내게 남긴 말

도축장은 아니지만 수의사가 동물의 죽음을 적나라하게 목격할 수 있는 곳이 또 있다. 바로 부검실이다. 수의사라면 누구나 부검하는 법을 알고 있고 나 역시 동물원에 있으면서 종종 부검을 한다. 한번은 아예 부검 팀에 소속되어 동물 부검만 전담해서 한 적도 있다.

　사람이 억울하게 죽었을 때 부검을 하듯, 동물들도 죽음의 원인을 명확히 알 수 없을 때 종종 부검을 한다. 차이가 있다면 사람의 부검은 보통 죽음의 명확한 원인을 규명해 억울함이 없도록 하기 위해서 진행하지만, 동물 부검은 똑같은 일이 반복되지 않도록, 즉 똑같은 이유로 다른 동물도 목숨을 잃지 않도록 사전 예방을 하기 위해 시행한다. 그래서 한 마리 동물의 죽음으로 다른 동물의 생명을 구하거나 환경을 개선하게 되면 동물 부검의로서 보람과, 부검

된 동물의 넋에 대한 감사를 동시에 느낀다.

동물 부검을 할 때는 마치 과학 수사대라도 된 듯한 느낌이 든다. 돌보던 동물이 알 수 없는 이유로 죽었을 때에는 그 원인을 밝히고 싶은 마음에 더욱 부검에 힘쓰게 된다. 하지만 매일같이 죽은 동물을 대해야 하는 것은 상당히 곤혹스러운 일이기도 하다. 살아서 활기 넘치는 동물과 차갑게 식은 죽은 동물은 그 느낌부터 확연히 다르다. 죽은 동물을 보면 역으로 '살아 있음'이란 무엇인지 절절히 느끼게 된다.

부검실에서 일하는 동안 나는 다양한 동물들을 만났고, 그들이 살아 있을 때는 오히려 몰랐던 많은 것을 알 수 있었다. 죽은 동물은 살아 있는 동물만큼이나 많은 이야기와 교훈을 남긴다.

1
동물 부검의가 하는 일

수의사에게 호랑이가 결핵에 걸렸다는 말은 호랑이가 암에 걸렸다는 말보다 더 생소한 소리이다. 동물들은 사람 병에 잘 안 걸리기 때문이다. 호랑이가 결핵에 절대로 안 걸리는 건 아니지만 매우 드문 것은 사실이다. 그런데 부검실에서 일하면서 나는 그런 일을 실제로 목격하게 되었다.

한번은 동물원에서 다섯 살이 된, 살아 있다면 한창때일 테지만 죽어서 거죽만 남은 호랑이가 부검실에 들어왔다. 아마도 많이 여위어서 다른 호랑이들이 자꾸 공격하는 통에 한동안 가두어 기른 모양이다. 그럴 경우 유심히 관찰하지 않으면 질병이 진행되어 가는 것을 알아채기가 더 어려워진다.

동물원에서는 여러 가지 이유로 전시하기가 어려운 동물이 생긴다. 이럴 때는 불가피하게 보통 한구석에 따로 분리해 보살핀다.

그런데 이 경우 동물들도 꽤나 큰 심리적인 압박에 시달린다. 독방에 갇힌 죄수와 다르지 않기 때문이다. 아픈 동물은 질병도 더 악화되기 마련이지만 사람들은 아무래도 전시 동물에 더 신경을 쓰다 보니 그것을 발견하지 못하기도 한다. 잘 돌보기 위해 마련한 조치가 외려 잘 돌보지 못하는 조치로 변질되는 것이다.

호랑이를 자세히 살펴보니 겉으로 나타난 증상이 전에 보았던, 심장사상충(주로 개의 심장에 기생하는 기생충병으로 모기가 옮기는 경우가 많다.)에 걸린 사자와 비슷했다. 그래서 이 녀석도 사상충이 아닐까 의심이 갔다. 섣부른 확신은 금물이기에 의심은 머릿속에만 넣어 두고 부검을 시작했다. 열어 보니 복강(배안) 장기는 거의 이상이 없었다. 다시 흉강(가슴안) 쪽으로 올라갔다. 그런데 늑골을 열고 폐가 나타나자마자 커다란 종괴(암이나 고름 덩어리)가 보이기 시작했다. 그 종괴는 폐 여기저기에서 산발적으로 발생해 있었는데 어떤 것은 더러운 노란색 고름을 함유하고 있었다. 폐의 림프샘도 몇 개가 그렇게 변질되어 있었다. 그렇다면 이건 바로 소에게 흔히 나타나는 결핵 증상이었다.

최종 확인 절차로 결절을 두 조각으로 갈라 보았다. 모래를 써는 것처럼 사각거리는 느낌, 결핵 결절을 썰 때 나는 그 느낌 그대로였다.

"아, 이것 결핵인데!"

결핵임을 확신하고 나니 머릿속으로 순식간에 여러 가지 의문이 떠올랐다.

'호랑이가 결핵? 흔치 않은데. 어디서 옮은 거지? 그전에 결핵으로 들어온 호랑이는 없었잖아? 그럼 사육사한테서 옮은 건가? 그럼 큰일인데! 다른 동물에게도 옮을 수 있으니, 그 사육사부터 격리해야 하는데! 그런데 정말 사육사일까? 사육사가 아니라면 원인이 뭘까?'

확인하려면 좀 더 검사가 필요했다. 마침 PCR 프라이머(유전자형을 검사하는 기본 유전자 조각) 세 가지를 갖고 있으니 각각에 대해서 검사해 보자고, 부검 팀 세 명이 합의를 보았다. 만일 사람한테서 옮은 거라면 호랑이 덕분에 그분도 발견과 치료가 가능해질 것이다. 이것은 우리가 동물 부검을 하는 목적에 정확히 부합되는 일이기도 했다. 우리는 즉시 결핵 결절 일부를 따다가 디엔에이를 키트로 분리해 낸 뒤 우결핵, 조류 결핵, 인결핵 각각의 PCR 프라이머에 함께 넣고 기계를 가동시켰다. 두 시간 후에 나온 결과는 다행히 조류 결핵이었다.

그럼 호랑이는 어쩌다 조류 결핵에 걸리게 된 걸까? 나는 범인의 행적을 뒤쫓는 프로파일러처럼, 동물원 환경을 살펴보면서 호랑이와 그 주변 친구들의 동선을 추적해 보았다. 호랑이사에는 옛날부터 인공 절벽을 만들어 놓아 비둘기가 앉아 쉴 곳이 많았다. 그래서 평평한 담장에는 비둘기 똥이 여기저기 난무했다. 이것 때문에 그동안 그물도 쳐 보고 비둘기도 주기적으로 잡는 등 몇 차레 소동을 벌이기도 했지만 그도 지쳐 요즘에는 관리에 조금 소홀했다고 한다. 그 사이를 틈타 비둘기들이 집단으로 호랑이사에 서식하게 된 것이다. 가끔 운 나쁜 비둘기는 호랑이들의 제물이 되기도 했지만 관람객들도 비둘기들의 군무를 그리 싫어하지 않기에 그냥 두었다고 한다. 그렇다면 이 비둘기 똥과 비듬 같은 것에 결핵균이 섞여 있었고, 그것이 호랑이 먹이 근처에 있다가, 바닥에서 먹이를 주워 먹는 호랑이에게 옮은 것이겠다. 그게 아니면 결핵에 걸려 비실거리는 비둘기를 잡아먹었다는 가설이 더 설득력이 있을지도 모르겠다. 그래도 비교적 위험성이 낮고 사람이 아닌 다른 동물에게서 옮은 조류 결핵이라 다행이었다.

정황상 판정도 쉽고 조치도 쉬웠다. 우리는 동물원에 연락해 평평한 벽을 미끄럽게 만들어 비둘기가 더 이상 못 오게 하고 주변을 깨끗이 소독하도록 했다. 또 혹시 모르니 한동안 동료 호랑이들도 항생제를 지속적으로 복용하도록 했다. 호랑이 한 마리의 희생 덕분에 다른 호랑이들은 물론 같은 조건에 있는 맹수들과 인수 공통 감염으로 위험에 처했을지 모를 사육사들까지 예방 조치를 취할 수 있었으니, 죽은 호랑이에게도 보람 있는 일일 것이다. 물론 호랑이가 그 사실을 알 방도는 없지만.

동물 부검은 대략 이런 과정으로 진행된다. 죽은 동물에 대한 부검 의뢰가 들어오면 우리는 부검을 해서 정확한 사인을 밝히고, 그에 따라 필요한 조치를 취한다. 물론 매번 이렇게 사인을 명확하게 밝히고, 이후 조치도 적절히 취할 수 있는 것은 아니다. 동물에 따라 부검해 보아도 사인을 명확하게 밝힐 수 없는 경우도 많고, 명확하다 하더라도 취할 수 있는 조치가 마땅치 않은 경우도 많다. 우리가 할 수 있는 것은 그저 최선을 다하는 것이다. 그것이 부검의의 의무이자 부검되는 동물에 대한 예의일 것이다.

　수의사로서는 부검 과정에서 동물에 대해 더 깊이 알게 된다는 의미도 크다. 이번 부검이 아니었다면 나는 호랑이가 결핵에 걸린다는 사실과, 결핵으로 죽을 수도 있다는 사실에 반신반의했을 것이다. 그런 의미에서 부검실은 나에게 또 하나의 학교이기도 하다.

2
백곰과 양의 뭉클한 죽음

부검실 안에서 나도 모르게 진한 감동을 느낄 때가 있다. 생전의 동물에게서는 미처 듣지 못했던 이야기를 듣게 되었을 때 그렇다. 물론 부검실 안에서 동물이 갑자기 살아나 내게 말을 한다는 뜻은 아니다. 동물들의 죽음의 원인을 찾아나가다 보면 자연스럽게 알게 되고 느껴지는 사실들이 있다. 특히 백곰과 어미 바바리양의 사례가 기억에 남는다.

암 투병하던 백곰의 의연함

동물들도 암에 걸릴까? 그렇다. 암은 사람에게도 그렇지만 동물들에게도 비교적 흔한 질병이다. 어디 동물뿐이랴. 암은 생물이라면 심지어 나뭇가지도 피해 갈 수 없는 질병이다.

암에 걸린 동물을 보는 것은 그렇게 드문 일은 아니지만, 암에 걸린 곰은 정말 드물다. 그런데 나는 그런 백곰을 한 번 만난 적이 있다. 살아 있는 곰은 아니었고, 암으로 이미 세상을 떠난 곰이었다.

역시 부검실에서 근무할 때였다. 부검실로 백곰 한 마리가 들어왔다. 그때만 해도 백곰은 내가 부검실에서 근무한 이래 최고로 귀한 동물이었다. 부검도 더욱 신중하게 해야 했다. 나는 백곰의 배를 가르기 전에, 우선 곰을 데리고 온 동물원 수의사에게 곰의 병력을 물어보았다. 일단 말을 거니 수의사는 녀석에 대해 봇물 터진 듯 이야기를 했다.

"백곰은 정말 귀한 녀석이에요. 우리 동물원에 한 마리밖에 없고요, 우리나라를 통틀어도 다섯 마리 미만이에요. 여름이면 동물들의 여름 나기 장면을 달라고 방송국 여기저기서 요청하는데, 이 곰이 물속에서 얼음 케이크 가지고 노는 것만큼 명장면도 흔치 않았죠. 여름 나기 촬영을 매번 독차지했던 녀석이에요. 물론 겨울에 당당하게 걸어 다니는 모습도 마찬가지고요. 지방 신문에도 자주 실렸는데, 백곰 사진처럼 훌륭한 사진은 없을 거예요. 백곰은 한마디로 우리 동물원의 스타였죠."

"아니, 그런 것 말고 어떻게 죽었느냐고요."

나는 내 업무를 해야 했기에 어쩔 수 없이 용건을 상기시키니 수의사는 그제야 여기까지 온 이유가 생각났다는 듯이 본론으로 들어가 이야기를 했다.

"아, 그렇지. 이 녀석이 며칠 전부터 전혀 밥에 손을 안 댔어요. 그래서 녀석이 좋아하는 소고기며 닭고기며 온갖 음식을 다 가져 왔는데도 뭐 하나 입에도 안 대는 거예요. 동물들이 음식을 안 먹으면 분명 안에 무슨 탈이 생긴 것인데 이 녀석은 번식기에도 한 번도 그런 적이 없었거든요. 아무래도 뭔가 안에서 잘못됐구나 싶었죠. 그것도 그럴 것이 녀석이 워낙 나이가 많거든요. 보통 곰들이 40년을 산다는데 이 녀석은 벌써 마흔세 살이 넘었어요. 오래 산 셈이니 우린 너무나 고마울 뿐이지요. 그래도 아프면 제발 죽지 말았으면 하고 온갖 치료를 다 하는데 도무지 먹지를 않으니 영양제나 항생제도 먹이에 넣을 수가 없고 그렇다고 가까이 다가가 주사를 놓을 수도 없고……. 할 수 없이 블로건(입으로 부는 주사 총)으로 강력 소염제만 몇 번 놓았는데 별 차도는 없고 괴로워하기만 해서 그것도 그만뒀어요. 그런데 부검 과정을 좀 봐도 될까요?"

동물원 수의사의 애정이 남다른 것 같아 부검 현장에 함께 있기로 했다. 수의사가 보는 앞에서 조심스럽게 백곰의 배를 열었다. 가르고 보니 배는 복수로 가득 차 있고 간에는 수없이 많은 하얀 마늘 모양 반점들이 곳곳에 퍼져 있었다. 그것을 조심스레 갈라 보았더니 신생 조직들이었다. 즉 전신성 간암이었다. 암을 자주 본 것은 아니긴 했지만 이렇게 특이한 암은 처음이었다. 사람이었다면 굉장히 많이 앓았을 텐데 역시 강인한 야생 동물이라 일주일 정도 굶다가 죽은 모양이었다.

"아, 암이네요. 그런데 모양이 또렷한 걸 보니 다른 장기로 전이되지는 않은 것 같아요. 그래도 간 조직은 거의 기능을 상실한 것 같네요. 누구의 잘못도 아닌 것 같으니 여기서 끝내지요."

사인이 명확해 흉강 장기까지 열어 볼 것도 없이 부검을 끝냈다. 동물원 수의사는 허탈한 발걸음으로 돌아갔다. 암 조직만 나중에 다시 현미경 상으로 보니 편평상피암이었다. 간에 피부 세포가 침투한 것이다.

그렇게 노령의 백곰은 유명을 달리했다. 부검을 마치고 나니, 수의사가 장황하게 늘어놓던 백곰의 살아생전 모습이 다시금 떠올랐다. 죽은 백곰에게 더욱 애착이 갔다. 이 먼 이국땅까지 와서 낯선 환경에 적응하느라 고생이 여간 많은 것이 아니었을 텐데, 꿋꿋한 의지로 늘 즐겁게 지냈던 귀한 곰. 죽어서도 동물의 품위가 그대로 살아 향기를 남기는 듯했다. 동물 부검의는 결코 그저 차가운 물체를 다루는 것이 아니다.

어미 양의 숭고한 모정

한편 동물의 모정이 얼마나 절절한지, 죽은 양을 통해 새삼 느낀 적이 있다. 양 한 마리가 부검실에 들어왔을 때였다. 이 양도 곰과 마찬가지로 동물원에서 살던 녀석으로 바바리코트 같은 갈기 켤을 걸쳤다고 해서 바바리양이라고 부르는 양이다. 그런데 무척 수

척하고 늙어 보였다. 암컷이었는데 최근에 새끼를 낳아 기르던 중 갑자기 죽음에 이르렀다고 한다.

양을 데리고 온 수의사가 간단한 설명을 해 주었다.

"평상시에도 늘 한쪽 구석에 쭈그리고 있던 놈이에요. 몸이 약해서 매번 다른 놈들의 공격을 받아 왔는데 결국 이렇게 되었네요. 멸종 위기 종이라 귀한 놈인데, 이놈까지 죽었으니 남은 놈이 거의 없어요. 이 녀석이 낳은 새끼가 한 마리 있는데 그놈이 우리 동물원에 남은 마지막 녀석이에요."

새끼도 있는 어미가 이렇게 되었다니 안타까운 마음이 일었다. 일단 그 정도 이야기를 듣고 부검에 들어갔다. 복강 장기는 지방간이 약간 있고 위에 음식이 꽤 차 있긴 했지만 특별한 이상을 발견할 수는 없었다. 흔히 초식 동물은 죽기 전에 배를 채우는 경향을 보이기 때문에 이런 것은 별로 특이 사항이 못 된다. 과식에 의한 소화 불량은 아닌 듯싶었다. 자궁을 보니 출산한 지 두 달이 지난 터라 거의 퇴축되어 주먹만 하게 남아 있었다. 그래도 그 정도라면 충분히 출산을 증명하고도 남았다. 하지만 사인은 발견되지 않았다. 그럼 뭘까?

의문이 머리를 뱅뱅 도는 가운데 마저 흉강 장기 쪽으로 들어갔다. 늑골을 열자마자 대번에 사인을 알았다. 양은 심한 폐렴을 앓고 있었다. 이 정도라면 폐렴에 의한 사망이라고 말할 수 있었다. 진단을 내리고 나니 머릿속에 영화처럼 여러 장면이 떠올랐다. 임신, 출산과 죽음이 꼬리를 물고 연상되었다.

녀석은 수컷을 사랑해서 새끼를 배었는데 그 수컷마저 유명을 달리해서 상심한 상태에서 폐병을 얻었다. 그렇지만 배 속에 든 새끼를 위해서 죽지 않으려고 버텼다. 그러다 두 달간의 포육 기간이 지나자 모든 것을 놓고 편안히 죽음을 맞이할 수 있었던 것이다! 진작 폐병을 앓으면서도 새끼 때문에 죽지 못했던 것이다.

마치 『가시고기』 같은 소설을 쓰는 것 같지만 전혀 개연성 없는 상상이 아니다. 동물들도 새끼에게 상상할 수 없을 정도로 지극한 모성애를 보이는 경우가 많다. 새끼를 지키려고 목숨을 걸고 사자와 싸우는 얼룩말, 알을 지키기 위해서 절룩거리는 연기에 힘쓰는 물떼새, 새끼를 위해 죽음도 불사하는 가시고기와 연어들의 귀향 여행 등등 사례는 무척 많다. 야생 원숭이나 침팬지들은 때로 죽은 새끼를 안고 뼈만 남을 때까지 끝없이 돌아다니기도 한다.

물론 보고서에 이 긴 이야기를 다 적지는 않았다. 모성애가 직접적인 사망 원인이라고 볼 수는 없기 때문이다. 보고서에는 급성 폐렴이라고 적었지만, 이건 그저 과학적인 기록일 뿐이고 내 가슴속에는 이미 다른 감동적인 이야기가 자리 잡고 있었다. 이런 것을 못 느낀다면 진정한 부검의라고 할 수 없을 것이다.

부검의란 과학적인 사실 너머에 있는 동물들의 진한 이야기를 기억하고, 그것을 통해 동물의 죽음을 더욱 멋지게 장식해 줄 의무가 있는 사람이다.

3
벌똥이 이렇게 아름다울 줄이야

곰이나 양처럼 덩치 큰 포유동물만 부검하는 것은 아니다. 그보다 작은 곤충이나 벌레도 필요하다면 부검의 대상이 된다. 2013년 봄에는 벌을 부검한 적이 있다.

어느 날 조용한 아침을 깨고 부검을 의뢰하는 전화가 왔다. 그때는 내가 부검을 돕는 입장이어서 옆에 있던 선배의 통화 내용에 가만히 귀를 기울였다.

"벌이 500마리 넘게 집단으로 죽었다고요? 성충들이 죽어요, 애벌레가 죽어요? 성충이랑 애벌레가 다 죽어 나간다고요? 그럼 한번 가서 보지요."

전화를 끊자마자 선배가 부랴부랴 짐을 챙기더니 나에게도 동행을 재촉했다.

"아무래도 양봉 농가에 한번 가 봐야겠어."

부검의가 출장을 가는 일은 드물지 않지만 양봉 농가는 의외의 장소였다. 나는 그간 덩치 큰 야생 동물을 주로 다루어 온 터라 벌처럼 작은 곤충은 경험이 거의 없었다. 게다가 말로만 들어서는 상황이 잘 파악되지 않았다. 걱정 반 호기심 반인 마음으로 카메라를 챙기고, 벌을 담아 올 샘플 병과 핀셋을 챙겨서 양봉 농가를 찾아갔다. 도착해 보니 현장에 주인이 기다리고 있었다.

우리는 주인이 준, 모기장으로 만든 안면 보호 모자를 쓰고 안으로 들어갔다. 차림새가 조금 재미났다. 산자락 밑 무덤 곁에 있는 평평한 풀밭으로 가니, 나무로 만든 직사각형 모양의 양봉 상자가 곳곳에 질서정연하게 놓여 있고 벌들이 그 주위를 분주히 오가고 있었다. 양봉 현장 자체가 무척 신기했지만, 상황이 심각한 터라 티를 내지는 못했다. 주인아저씨가 애타는 목소리로 상황을 설명해 주었다.

"지금이 4월 초인데, 3월 말부터 죽기 시작해서 5분의 1가량이 죽어 나갔어요. 시에서 준 부저병 약을 잘 방제했는데도 그러네요. 20년 동안 해 온 일이지만 이번처럼 심각한 건 난생처음이에요."

나도 벌의 병성 진단은 처음 나와 본 터라 병에 대해서는 전혀 아는 바가 없었다. 다만 예전에 시청에서 근무할 때 부저병 등을 예방하기 위해 '벌통 훈증제'를 나누어 준 기억이 있어 그 병명 정도만 알 뿐이었다. 다행히 나와 동행한 선배는 여러 해 동안 병성 감정을 해 온 터라 이 질병을 익히 아는 듯 여유가 있었다. 주인아저씨의 설명이 이어졌다.

"성충 벌들은 꼭 바깥에 나와서 죽어요. 그것도 참 희한해요. 마치 안에 전염을 안 시키려고 그러는 것 같더라고요. 거참, 미물들이 그렇게까지 생각할까요?"

"그런가요? 저희도 그건 잘 모르겠네요."

선배는 무심히 대답했지만 나는 속으로 감탄했다.

'아, 곤충들의 조직 사회란 그런 거구나. 죽는 장소도 스스로 가려야 하는구나.'

주인아저씨 말이 사실이라면, 벌들의 희생정신이 갸륵하다.

나는 죽은 벌들을 모으기 시작했다. 아직 약간 살아서 비틀거리는 것을 함께 수집하면서 대롱 모양으로 생긴 혀가 나온 것과 안 나온 것을 구별해 모았다. 혀의 상태로도 병의 차이를 알 수 있기 때문이다. 죽은 애벌레들도 따로 수집하려고 벌집을 열었다. 원에 가깝게 보이는 육각형의 전형적인 벌집에는 꿀을 모으는 방과 애벌레가 들어 있는 방이 구분 없이 흩어져 있었다.

이 벌들은 양봉 꿀벌이라고 했다. 양봉, 한봉 모두 겉으로는 비슷해 보이는데 다른 종류였다. 초봄에는 진달래나 생강나무 꽃 외에 먹을 만한 꽃이 많이 없어 굶어 죽지 않게 하려고 설탕물을 먹인다고 했다. 질은 좀 떨어져도 벌 배 속에 들어갔다가 나오면 꿀이 되는 건 마찬가지이다. 하지만 벌이 먹는 것에 따라서 꿀 성분은 많이 달라지는 모양이었다.

벌통에 죽은 벌들이 가득하지만, 살아 있는 벌들은 주변 산으로 꿀을 찾아 부지런히 돌아다니고 있었다. 봄은 봄이었지만 이상 기온 탓인지 벌들이 활약하기에는 아직 너무 추웠다. 꿀을 먹고 돌아오는 길에 추위 때문에 탈이 난 것이 아닌가 추론도 해 보았다. 너무 빨리 동면에서 깨어난 데다 추위가 갑자기 들이닥쳐 병이 난 걸까? 우리가 생각할 수 있는 가장 쉬운 결론이었다. 선배는 바이러스성인 봉아낭충병이 아닐까 하고 추측했다.

우리는 확실히 하기 위해 벌의 부검을 시작했다. 머리, 가슴, 배순으로 현미경 위에서 해야 할 일이었지만 현장 상황이 여의치 않아 그냥 육안으로 했다. 이렇게 조그만 곤충을 해부하는 일도 드문 터라 나는 집중해서 관찰했다. 벌의 내장으로 봉아낭충병 바이러스에 대한 검사도 했는데 모두 음성이었다.

'봉아낭충병이 아니라면 역시 추위 때문일까?'

현장에서는 확실한 결론을 내리지 못하고 돌아와야 했다. 그런데 돌아와서 곰곰 생각해 보니 이상한 점이 하나 있었다. 봉아낭충병이라면 애벌레만 죽어야 하는데 왜 큰 벌까지 많이 죽었을까? 혹시 봄에 다발한다는 기생충병인 노제마병이 아닐까 하는 의문이 생겼다. 거기까지 생각이 미치자 나는 얼른 벌 한 마리를 꺼내 위액과 장액을 짜낸 후 현미경으로 살펴보았다. 혹시나 노제마 아포(작은 씨앗같이 생긴 기생충 구조물)가 발견되지 않을까 하는 생각에서였다. 그런데 현미경에 눈을 대자마자 생각지도 못했던 아름다운 풍경이 눈앞에 가득 펼쳐졌다. 기생충 아포 대신 꽃가루만 가득했던 것이다.

'지저분하고 누렇게만 보이던 벌똥이 온통 꽃가루였다니!'

그 순간, 현미경 상에 보이는 세상은 분명 아름다운 꽃 누리 세상이었다. 결국 아포는 찾지 못했고 보이지도 않았지만, 나는 벌똥에 완전히 반해 버렸다. 벌똥이 이렇게 아름다울 줄이야. 예상치 못했던 발견에 마음이 벅차올랐다.

우선 일을 마무리하는 것이 먼저라 짐짓 아무렇지 않은 척 일을 진행했다. 성충이 죽은 것까지 감안해서 선배가 노제마병에 대해 추가 검사를 했고 드디어 애벌레와 어른 벌 모두 양성이 나왔다. 완벽한 진단 확정이었다. 농가에 연락해 구충을 잘하시면 된다고 말씀드릴 수 있었다. 그렇게 일은 마무리 수순을 밟았다.

작은 벌 부검을 하면서 벌똥을 보고 나니, 벌은 정말 꿀과 꽃가루를 먹고 꿀을 만드는 곤충이라는 것을 새삼 깨달았다. 꿀을 먹고 사는 벌은 똥도 참 아름답다. 벌을 부검하지 않았더라면 절대 알 수 없었을 아름다움이다. 동물의 세계에는 아직도 우리가 알지 못하는 수많은 아름다운 모습이 있을 것이다. 나는 그중 하나를 우연히 발견했다. 그 사실만으로도 참 뿌듯한 날이었다.

4
치명적인 적, 기생충

생물학자 중에는 자신만의 독특한 경험이나 이야기를 재미있게 말하는 것을 즐기는 사람이 많다. 그들 중 많은 수가 어린 시절의 꿈을 직업으로 연결했기 때문인 듯하다. 그런 이들은 연구 성과를 발표할 때도 독특하다. 예를 들면 새로운 이론을 발견했을 때 흔히 피타고라스의 정리, 뉴턴의 법칙처럼 발견한 사람의 이름을 붙이는 데에 반해, 생물학자들은 재미난 이름을 붙이는 경향이 있다. 예컨대 '생명의 사슬'이라든지, '붉은 여왕 가설'이라든지 하는 이름들이 그렇다.

붉은 여왕 가설은 루이스 캐럴의 동화 『이상한 나라의 앨리스』의 후속 격인 『거울 나라의 앨리스』에서 따온 표현이다. 이 동화에서 주인공 앨리스는 우연히 거울 나라에 들어갔는데 그곳에선 모든 것이 쉼 없이 달리고 있었다. 함께 달리는 앨리스에게 붉은 여왕은 여기서는 제자리에 있으려면 힘껏 뛰어야 한다고 설명한다. 거울 나라는 하나가 움직이면 다 같이 움직이는 특이한 세계이기 때문이다.

이것을 생물학자 리 밴 베일런은 기생충과 숙주의 관계에 대입했다. 기생충이 진화하면 숙주 역시 진화하고 또 숙주가 진화하면 기생충도 따라 진화한다는 자신의 가설을 붉은 여왕 가설이라 명명한 것이다. 결국 동물의 진화라는 것은 세균부터 유해 곤충까지 포함해 기생충과 맞서기 위한 오랜 싸움에서 비롯되었다는 가설이다. 다소 생뚱맞고 그만큼 파격적인 생각이다.

경험상 수긍이 가는 측면도 많다. 이른바 '면역 관용'이라는 것이 있다. 예를 들면 개 회충의 경우 아무리 좋은 구충제를 써도 다 없앨 수가 없다. 구충제는 성충에만 적용될 뿐 휴지기 상태의 유충에게는 소용이 없기 때문이다. 어른 개의 면역력이 강해짐에 따라 잠복 상태가 되었던 유충은 출산이나 질병 등으로 어른 개가 면역력이 약화되면 다시 공격력을 회복한다. 그래서 어미가 아무리 깨끗해도 강아지들에게서는 거의 대부분 기생충이 나오는 것이다. 임신으로 모체가 약화되면 자궁으로 유충이 잠입했다가 강아지가 태어난 뒤에 면역력이 약한 강아지의 장에서 무사히 성충으로 성장한다.

물론 강아지가 성견이 되면서 장에서 회충이 성충으로 자라지 못하게 면역력이 강화된다. 하지만 회충의 모든 단계를 없앨 정도로 강력한 것은 아니다. 그저 힘의 균형이 맞아 휴전 상태가 유지되는 것일 뿐이다. 사실 회충은 숙주에게 그리 큰 해를 끼치지는 않는다. 이것 역시 기생충의 한 가지 전략이다. 사람들은 끔찍하게 여기지만 사실 회충은 우리와 함께 진화해 온 온건한 기생충이다. 촌충 또한 마찬가지다. 외부 기생충인 거머리나 구더기의 경우 인간들의 전쟁 때 훌륭한 외과 의사 노릇을 하기도 한다.

하지만 여전히 동물들에게 기생충은 치명적인 적이다. 나는 그 사실을 부검실에서 몇 번이나 확인한 적이 있다.

얼룩말이 급사한 이유

잘 놀던 새끼 얼룩말이 갑자기 죽는 일이 벌어졌다. 태어난 지 1년도 넘었으니 새끼라고 하기엔 덩치가 상당히 컸지만 야생에서는 3년은 커야 어른으로 대접받으니 그들의 세계에서는 아직 새끼인 셈이다.

부검대에 올려놓고 보니, 부검대가 꽉 찰 정도로 큰 말이었다. 얼룩무늬는 훌륭했지만 전체적으로 무척 수척해 보였고 특히 배가 볼록 솟아 있어 고창증 증상이 보였다. 사후 변화일 수도 있지만 당시는 계절이 겨울이라 사후 변화 치고는 너무 빨리 온 듯싶었다. 외부엔 죽기 전에 누워서 발버둥 치다가 생긴 상처들이 발 군데군데 있을 뿐, 별다른 증상이 없어 보였다. 많은 얼룩말이 동종의 발차기와 이빨로 물기에 꽤 다치기 때문에 녀석도 혹시 그 때문에 사망한 것은 아닌가 싶어 유심히 살펴보았는데 그런 흔적은 찾을 수 없었다.

외부 관찰을 끝낸 뒤 바로 복부를 갈라 복부 장기를 본 다음 내처 횡격막을 뚫고 가운데 늑골을 자른 후 흉강 장기까지 한꺼번에 드러냈다. 그런 다음 흉강 장기부터 하나하나 살펴보기 시작했다. 대강 보아서는 별다른 이상 증상이 없었다. 폐가 변색되거나 간이 지방간 상태가 되지도 않았다. 영양 상태도 꽤 좋은 것 같았다.

'그럼 대체 급살한 원인이 뭘까?'

이쯤 되면 부검의는 계속 뭘까, 뭘까 하는 궁금증에 휩싸인다. 나는 손을 재게 놀리며 부검을 계속했다. 소장을 열자마자 마침내 거대하고 징그러운 정체가 드러났다. 소장에서 무수히 쏟아져 나온 거대한 말 회충 다발! 대충 세어 보아도 족히 500마리가 넘었고 크기도 20센티미터 이상이었다. 얼룩말은 기생충의 습격에 목숨을 잃은 것이다.

말의 가장 흔한 사인 중에 산통(疝痛)이란 것이 있다. 운동 부족이나 일사병, 먹이 변질 등으로 인해 소화기에 가스가 차고 장이 뒤틀리는 것으로 심할 경우 즉사할 수도 있는 위험한 병이다. 뒤틀린 정도에 따라 초기에 운동시키고 치료하면 서서히 풀리지만 그래도 안 되는 경우에는 수술을 해야 하고 그도 여의치 않으면 최후의 순간을 맞이하게 된다. 산통을 일으키는 한 원인으로 기생충,

특히 회충이 있다. 바로 이 얼룩말처럼 주로 한 살 정도 나이에 다수 발생하는데 구충을 안 하면 이처럼 무수히 자라서 장을 차지하다시피 한다. 그래서 말 사육자들은 거의 매달 구충을 하지만, 동물원에서는 그렇게 자주 하지는 못하고 봄가을에 한 번씩 한다. 이 동물원에서도 분명 구충을 했을 텐데 약을 먹은 것을 제대로 체크하지 않았거나 아니면 약을 충분히 안 먹였거나 둘 중 하나일 듯했다.

나중에 물어보니 사육사와 수의사 간에 의사소통이 잘못되어 수의사가 먹이라고 한 양의 5분의 1 정도밖에 안 먹인 모양이었다. 그러니 기생충이 소장을 온통 차지했고 이것이 바로 기생충성 산통에 의한 죽음으로 이어진 것이다.

더 이상의 부검은 무의미했다. 500마리의 크고 징그럽고 희끄무레한 기생충이 말의 사인을 네온사인처럼 선명히 알려 주고 있었다.

한갓 모기에게 사자가 목숨을 잃다니

얼룩말의 경우에서 보았듯이 덩치 큰 동물이라고 기생충의 공격에서 예외는 아니다. 사자 같은 동물의 제왕도 기생충 앞에서는 작아질 때가 많다. 결코 엄살이 아니다. 사자도 기생충 때문에 목숨을 잃는 지경에 종종 처한다. 동물원 수사자를 부검하다 그 사자가 심장사상충에 걸려 있어서 깜짝 놀란 적이 있다.

사자 같은 고양잇과 동물들은 심장사상충에 거의 걸리지 않는다. 동물에 따라 잘 걸리는 병이 따로 있는데, 가령 심장사상충은 주로 개의 병으로, 톡소플라스마증은 고양이 병으로 알려져 있다. 요즈음은 질병이 종을 넘어가는, 상호 교차 감염도 점점 심해지는 듯하다. 사상충도 열심히 공격하다 보면 고양잇과 동물의 방어막도 뚫을 수 있나 보다. 사자가 심장사상충에 걸리다니, 정말 상상하기 힘든 일이 내 눈앞에서 일어났다.

그 커다란 수사자가 부검실에 들어왔을 때의 일이다. 피부가 거칠고 마른 것이 겉모양부터 벌써 형편없었다. 동물원 수의사 말로는 한쪽 구석에 계속 웅크리고 앉아 추운 듯이 떨고 있었고 간혹 캑캑거리면서 간헐적인 기침도 했다고 한다. 사자가 아니라 개가 이런 증상을 보였다면 곧바로 심장사상충이라 의심했을 것이다. 그러나 사자는 고양잇과 동물이었다. 천식 쪽으로 더 생각이 기울었다.

'고양이천식증이나 고양이범백혈구감소증 중 하나일 거야.'

우선 그런 짐작을 하면서 부검을 시작했다. 복강 장기를 열자 고양이에게 흔한 복부 지방도 거의 없고 지방 색도 노랗게 변해 있는 데다 질병 말기 동물 특유의, 장의 적색화가 진행되고 있었다. 거기에 차갑고 역한 냄새가 훅 올라왔다. 부검을 너무 늦게 시작해도 이렇게 되지만 대개 오래 아프다 죽은 동물들의 경우에 이 같은 사후 변화가 죽기 전부터 급격히 일어난다. 그래서 방금 죽었는데도 오래전에 죽은 것처럼 보일 때가 많다.

애써 복강 냄새를 외면하고 늑골을 절개하여 가슴 장기를 열었다. 폐는 예상보다 그리 나쁘지 않았다. 심장도 원형을 잘 간직하고 있었다. 우선 심장을 들어 폐동맥을 통해 우심실을 열어 보았다. 그런데 전혀 예상치 못한 것들이 발견되었다. 반투명하게 하얀 실타래 같은 물체들의 다발! 심장사상충 성충들이 폐동맥의 그 커다란 혈관을 꽉 채우고 있었다. 한두 마리가 성장하는 것을 보긴 했지만 이렇듯 혈관을 막을 정도로 다발로 번성하는 경우는 처음 보았다. 이렇게 되면 사실 다른 부검은 더 이상 진행할 필요가 없었다. 다섯 살이라는 비교적 어린 나이를 감안할 때 심장사상충 감염으로 인한 죽음이 확실했다.

그럼 어쩌다 사자가 사상충에 걸린 것일까? 범인은 모기이다. 그리고 동물원이라는 환경도 무시할 수 없다. 동물원이란 곳은 좁고 갇힌 공간이다. 이런 곳에서는 여름철이면 모기들이 극성을 부린다. 동물들 입장에서는 어디로도 모기를 피할 수 없다. 털로 최소한의 방어는 한다지만 집요하게 달려드는 모기를 이겨 낼 수 있는 방법은 그저 잘 먹고 잘 지내면서 끊임없이 약하게 감염됨으로써 면역력을 유지하는 방법밖에 없다.

녀석은 그렇게 버티고 버티다가 결국 놓아 버린 것일 테다. 사상충은 끊임없는 감염 공격을 통해 마침내 사자까지 무릎을 꿇린 것이다. 이런 케이스는 참 특이한 것으로 수의학회에 보고해야 할 정도이다. 그렇게 사자는 마치 이솝 우화처럼 한갓 모기에게 목숨을 잃고 말았다.

이는 앞으로 동물원에 사는 모든 고양잇과 맹수들이 똑같은 위험에 처해 있다는 뜻이기도 하다. 나는 부검을 마친 즉시 동물원에 상황을 전해 준 것은 물론, 고양잇과 동물까지 포함하여 감염 가능성이 있는 모든 동물에게 한꺼번에 심장사상충 예방 조치를 하도록 했다. 한 번이 아니라 지속적으로 해야 한다. 그러면 사자의 죽음을 계기로 운 좋은 몇 마리는 죽음의 위험에서 벗어날 수 있을 것이다.

토끼 떼를 덮친 죽음의 그림자

토끼에게도 기생충이 덮친 적이 있다. 한 놀이공원에서 100여 마리 토끼를 키우고 있었는데 처음엔 한두 마리 죽더니 그 후 연일 죽음의 행렬이 이어져서 우리에게 부검을 의뢰해 왔다.

사실 토끼를 많이 키우는 곳에서는 토끼가 단체로 사망하는 일이 생각보다 흔하게 일어난다. 이런 경우 수의사들은 우선 현장에 가서 똥을 10점 이상 채취한다. 토끼는 대장이 매우 큰데 사체의 장에 있는, 똥 전 단계의 내용물도 수집한다. 그걸 현미경 위에 놓고 보면 많은 경우 회충인 콕시듐 알이 보인다. 잘 안 보일 경우에는 물에 띄우거나 가라앉혀 충란(기생충의 알)을 농축해서 본다. 그럼 대부분 현미경 상에 밥알같이 생긴 알들이 무수히 나타난다. 그럼 콕시듐에 의한 전염병으로 판정을 내릴 수 있다.

대부분의 초식 동물들이 콕시듐을 가지고 있는데 특히 토끼는 죽음에 이를 정도로 그 정도가 심해 주변 환경까지 오염시키는 경우가 많다. 그래서 다른 토끼를 들이더라도 같은 장소라면 몇 년 주기로 콕시듐 감염이 반복된다. 감염이 일어나는 시기는 주로 풀이 무성한 한여름 장마철이다. 흔히 토끼에게 물 묻은 풀을 먹이지 말라고들 하는데, 이 말도 바로 콕시듐 감염 우려 때문에 나온 것이다. 콕시듐의 감염 경로를 생각하면 일리 있는 상식이다. 아무래도 물은 토끼가 콕시듐 충란을 들이키는 좋은 매개체 역할을 할 수 있기 때문이다. 토끼 콕시듐은 특이하게 간에서도 발견된다. 부검과 진단은 비교적 쉽지만 제어하기는 결코 쉽지 않다.

외국 텔레비전 드라마인 「닥터 하우스」나 「CSI」를 보면, 원인을 발견하는 것이 어렵지 일단 발견하고 나면 그 이후에는 일이 일사천리로 해결된다. 하지만 현실에서는 그렇지 않다. 동물에게 암이나 바이러스 질환은 사실 진단 자체가 곧 재앙의 시작이라 할 수 있다.

다행히 콕시듐에는 잘 듣는 약이 있다. 많은 토끼가 약을 먹고 치료를 잘하면 회복되고 그런 토끼들은 면역성 또한 얻게 된다. 그런데 이 면역성이 이들을 보균자라 불리는 무서운 토끼로 만들기도 한다. 그래서 콕시듐은 예방이 우선이다. 토끼를 키우는 사람은 일정 시기가 되면 1년에 한 번씩이라도, 특히 여름철을 앞두고 콕시듐 약을 먹여 주는 게 좋다.

이번에 토끼 떼를 덮친 죽음의 그림자도 그 정체를 밝히는 것은 어렵지 않았다. 다른 검사에 앞서 콕시듐 검사를 먼저 해 보니 아니나 다를까, 역시나 콕시듐 감염이라는 진단을 확실하게 내릴 수 있었다. 하지만 그것은 시작에 불과했다. 그 후 일주일 동안 죽음의 행렬은 계속 이어져서 결국 날마다 한 마리씩 붙들고 콕시듐 약을 투약하는 지난한 치료를 계속해야 했다. 결국 전체 토끼의 3분의 2가 희생되고 나서야 죽음의 릴레이가 그쳤다.

"지금 남아 있는 토끼들만 잘 키우다가 그들마저 죽으면 더 이상 이곳에서 토끼를 키우지 마세요. 여기서는 다시 토끼를 키우지 않는 게 낫겠어요."

나는 토끼 주인에게 이렇게 권유했다. 언제 다시 콕시듐 충란이 토끼를 습격할지 아무도 모르는 일이기 때문이다. 어떤 회충 알은 무려 2,000년이 지난 지금도 부화할 수 있다고 한다! 그러니 공연히 회충에 정면 도전하겠다는 생각은 하지 않는 것이 좋다. 토끼의 떼죽음 앞에서 기생충의 생명력이란 참 위대하다는 것을 다시 한 번 실감했다.

동물을 끊임없이 괴롭히는 기생충의 공격 앞에서 어떻게 헤쳐 나가야 할까? 동화 속에서 붉은 여왕은 '상생'이라는, 순응하는 방

법을 택했다. 하지만 우리는 지금 기생충과의 전쟁을 치르고 있다. 구충제, 살충제, 항생제가 바로 이 전쟁에 쓰이는 치명적인 첨단 무기인 셈이다.

하지만 이런 첨단 무기들을 동원한다고 해서 기생충이 섬멸되는 것은 아니다. 게다가 그중 일부는 결국 부메랑처럼 우리에게 다시 돌아오기도 한다. 세균은 이미 어떤 강력한 항생제로도 죽지 않는 슈퍼 박테리아를 준비 중이고, 기생충들도 제2의 파괴적인 전쟁을 치를 준비를 하고 있다. 때론 기생충들이 정신없이 쫓기다가 다른 숙주를 찾는 바람에 더 큰 재앙을 불러오기도 한다. 개 회충이 사람 몸에 들어오면 이소 기생(본래의 기생 부위 외에 다른 곳에 기생하는 것)을 하여 눈 속에 들어가 실명을 일으키는 식이다. 요즘은 연막 소독을 해도 그 흔한 파리 한 마리조차 쉽게 죽지 않는다. 그만큼 면역력이 강해져서 그렇다. 그뿐이랴. 겨울에도 아파트에는 여전히 모기들이 출현한다. 인간끼리 치르는 전쟁이 남기는 것이 상처뿐이듯 기생충들에게 거는 전쟁 또한 사실상 너무 소모적이고 자기 파괴적일 때가 많다.

기생충에게서 동물을 지키기란 여간 어려운 일이 아니다. 수의사로서는 도대체 어떻게 해야 할지 난감할 때가 많다. 차라리 붉은 여왕처럼 힘들긴 하지만 '외교적인 방법'을 쓰는 것이 어떨까 하는 생각도 해 본다. 사는 동안 그저 좀 더 부지런히 뛰는 것이다.

5
동물들을 습격하는 환경 병

요즘에는 환경 병 때문에 고생하는 사람들이 많다. 새집 증후군이나 아토피에 시달리는 사람이 적지 않은 것을 보면서 환경 병이 나날이 심각해지는 것을 실감한다. 환경 병은 인간에게만 닥치는 문제는 아니다. 동물들도 환경 병 때문에 고생하고, 심하게는 목숨을 잃기도 한다. 이 환경 병은 부검으로는 잘 발견되지 않아서 부검의들을 종종 좌절시키기도 한다.

바바리양의 의문의 죽음

한번은 부검실에 바바리양이 계속 들어온 적이 있었다. 동물원에서 이 녀석들이 일주일에 한 마리꼴로 죽어서 부검실로 왔다. 이상하다 싶어 세균, 바이러스, 기생충 등 여기서 검사가 가능한, 의심되는 모든 질병을 검사했다. 바바리양에서 나타난 병의 증상이 죽기 전에 다리를 못 쓰고 엉거주춤 비척대는 것이었기에, 척추 사상충이 의심되어 사상충 검사도 해 보았고 사슴만성소모성질병도 검사해 보았다. 모두 음성이었다. 아무리 검사를 반복해 봐도 오리무중이었다. 멀쩡하다가 죽기 일주일쯤 전에 비틀거리기 시작하고 일주일 동안 심하게 앓다가 가는 이상한 질병이었다.

원인을 알아야 남은 양들을 죽음의 위험에서 구출할 텐데 도통 원인을 알 수 없으니 답답하기만 했다. 나는 차라리 초기 증상이 나타난, 살아 있는 녀석 한 마리를 검역원으로 보내 보라고 요청했다.

하지만 거기에서도 뚜렷한 소득을 얻을 수 없었다. 잠복기를 거쳐 비슷한 증상을 보이는 질병의 양태를 보면 바이러스 질병에 가까운데 어떤 바이러스도 검출되지 않은 것이다. 영양 결핍도 의심했지만 역시나 필수 무기질인 마그네슘이나 칼슘의 결핍은 없었다. 저혈당증도 의심해 보았지만 혈액 내 당 수치도 정상이었다.

이럴 때는 의뢰한 측이나 부검한 측이나 서로 난감할 수밖에 없다. 그 후로도 바바리양은 세 마리가 일주일 간격으로 추가로 들어왔다. 계속 부검을 했지만, 제1위에 비닐이나 장갑이 굳은 덩어리가 몇 개 있는 것을 제외하면 양들의 내장 상태는 대체로 양호한 편이었다.

양을 부검할 때 가장 애를 먹는 것은 양 특유의 체취와, 땀에까지 배어드는 냄새다. 일단 한번 부검하고 나면 아무리 가운을 바꿔 입어도 하루 종일 그 냄새에 시달린다. 저녁에 옷을 완전히 벗고 목욕을 하고 나서야 겨우 냄새가 서서히 사라지기 시작한다. 매일 그 냄새에 시달리면서도 부검을 계속했는데 원인이 나타나지 않으니 정말 답답할 지경이었다. 게다가 동물이 계속 죽어 나가는 것을 보면서도 수수방관할 수밖에 없으니 마음이 정말 괴로웠다.

그렇게 바바리양은 우리 부검 역사상 커다란 오점을 남긴 채 오리무중으로 빠져드는가 싶을 때였다. 동물원 수의사에게서 기쁜 소식이 들려왔다. 자기도 아무 치료 대책이 없어서 고심하던 중 서울대공원에 견학을 갔다가 거기서 바바리양을 보았다고 한다. 거기서는 흙바닥과 경사로를 만들어 키우는데 새끼도 잘 낳고 잘 크더라는 것이다. 그래서 혹시 좁은 평지 사육과 연관되어 있지 않나 싶어 남은 바바리양 세 마리를 비교적 넓고, 경사가 있고, 땅이 사파리처럼 거친 곳으로 옮겨 보았다고 한다. 그러자 거짓말처럼 세 마리 모두 몇 달이 지나도록 멀쩡하더라는 것이었다. 그리고 그것이 야생 동물 특유의 환경 병이라고 이야기해 주었다. 그제야 답답했던 속이 시원하게 풀렸다. 그런 질병이니 당연히 부검으로는 원인을 밝힐 수 없었던 것이다.

겨우 그 정도 일로 목숨을 잃다니, 우리 상식으로는 잘 이해가 안 가지만 동물에게는 얼마든지 발생할 수 있는 질환이다. 우리가 새집으로 이사하면 새집 증후군을 앓거나, 나쁜 환경에서 오랫동안 살면 지병이 찾아오듯 동물들도 그렇다. 그런 점을 염두에 두지 않고 짧은 지식에만 의존하려다 보니 환경 병이었을 줄은 미처 생각조차 못했던 것이다.

바바리양의 연이은 죽음을 목격하면서 환경 병의 심각성을 더욱 실감할 수 있었다. 사육 장소만 살짝 바꾸었을 뿐인데도 바바리양은 생사를 오갈 만큼 스트레스 정도가 달라졌다. 동물을 키우려면 사소한 환경에도 깊이 신경 써야 한다는 것을 절감했다.

죽은 직박구리만 억울해

바바리양은 다소 특수한 경우였지만, 사실 환경 병은 오늘날 동물들을 예사로 습격하고 있다. 특히 농약이나 각종 유해 약물들은 시시때때로 동물을 죽음으로 몰고 간다. 나 역시 이 농약 중독을 직접 목격한 적이 많다.

한번은 농가가 아닌 일반 주택에서 전화가 왔다.

"우리 집에 자주 오던 새들이 오늘 아침에 보니까 열두 마리나 떨어져 죽어 있어요. 전날엔 두 마리가 죽어 있어 대수롭지 않게 봤는데 그게 아닌가 봐요! 요즘 조류독감도 발생한다고 해서 불안해 죽겠어요."

여기서 말하는 새는 직박구리였다. 2014년 2월, 한창 추울 때였고 전국에 조류독감이 맹위를 떨치고 있어 수의사들이 초긴장 상태로 지내던 때였다. 또 매일 한두 마리씩 야생 조류 폐사 신고가 들어오는 때이기도 했다. 주로 영산강 강변의 쇠오리, 집비둘기 같은 철새나 텃새 종류들이었는데 직박구리는 전국 어디에서도 흔하지 않았다. 오직 조류독감에만 집중하고 있는 상태여서 다른 질병까지 미처 검사할 상황이 아니었지만 그래도 원인은 어느 정도 밝혀내야 하는 게 우리의 임무였기에 현장에 가서 확인해 보기로 했다.

현장에 도착해 우선 죽은 직박구리들을 살펴보았다. 모두 입천장에 끈적끈적한 침이 배어 있었고 입안 전체가 유난히 발적(검붉게 변하는 것)되어 있었다. 또 조류독감 간이 항원 검사를 위해 항문(총배설강)에 면봉을 꽂아 보니 똥은 묻어 나오지 않고 피만 약간씩 묻어 나왔다. 일단 신장의 요산 침착, 복막염 등 조류독감 증상이 나타나면 즉시 검역원에 이송할 준비를 마친 뒤, 세 마리 정도만 우리 선에서 부검해 보기로 했다. 자료를 찾아보니, 몇 년 전에 비슷한 장소에서 똑같은 새에게 집단 폐사가 일어난 적이 있는데, 이때 농약 중독으로 의심되는 사례가 기록에 한 번 남아 있기도 했다.

일단 방역을 목적으로 현장 팀을 보내 탐문 수색하도록 해 보았다. 집은 시내 한가운데에서 조금 들어간 골목길 안에 있는, 30~40년 된 단독 주택이었고, 정원엔 감나무가 세 그루, 동백나무와 다른 이런저런 나무들이 열 그루 정도 심어져 있었다. 우선 집주인에게 농약에 대해 확인을 해 보았다.

"혹시 감나무에 농약을 치셨나요?"

"무슨 소리! 우린 농약은 생전 안 해요."

주인이 한사코 손사래를 쳤다. 감나무는 물론 다른 나무에도 절대 농약은 치지 않는다고 강조했다. 그렇다면 다른 곳에서 먹고 여기서 죽은 셈인데 이런 경우 과일 자체의 발효와 변질에 의한 중독으로 보기는 힘들다. 여러 동물을 아주 빠른 시간에 다량으로 죽이려면 무색무취한 맹독성 농약 정도는 되어야 한다. 또 만약 바이러스나 세균성이라면 이처럼 일회성으로 그치지는 않았을 것이다. 그렇다면 남은 의문은 이 새들이 왜 하필 이 집에 와서 죽었느냐는 거다. 이건 조류학자들이 따로 조사할 일이었다. 이곳이 안락한 서식처였거나 아니면 회합 장소였을지도 모른다. 주변 사람들이 유독 이 집에 새가 많이 와 시끄럽다는 말을 자주 했다는 것을 보면 회합 장소였을 가능성이 있다. 아무튼 안타깝게도 이 좋은 장소가 직박구리들에게 무덤이 되어 버렸다.

일단 현장 조사는 이것으로 일단락 짓고 부검실로 돌아와 부검을 시작했다. 타깃은 우선 농약 중독 쪽에 맞추어 놓았다. 그러려면 이 새들이 같은 것을 다량으로 먹고 미처 소화되기도 전에 죽었어야 한다. 모든 초점은 근위(근육으로 된 새들의 제1위로, 그 안에 모래가 들어 있어 맷돌처럼 먹이를 가는 작용을 한다.) 속 내용물에 맞추어졌다. 입을 열자 역시 청색증(호흡 마비로 입안이 검붉게 변하는 것) 소견과 황달(입안이 노래지는 것) 소견이 보였다. 복강을 열었다. 심장, 간, 근위 같은 빨간 장기가 한데 어우러져 복강 중앙을 차지하고 있었다. 유난히 빨간 것 이외에 별다른 이상을 눈으로 찾을 수 없었다. 창자를 열어 보니 많이 발적되어 있고 출혈을 보였다. 신장도 유난히 검붉었다. 심장에 직격탄을 맞아 심 정지 혹은 호흡 정지로 죽은 것 같았다. 그렇다면 더욱 농약 중독 쪽으로 의심이 갔다. 근위를 열었다. 그 안에서 나온 내용물은 빨간 껍질을 가진 열매였다. 겨울에 열리는 사철나무 열매나 옻나무 열매, 혹은 멀구슬나무 열매 같았다. 물론 식물에 대해 자세히 모르는 데다 이미 많이 으깨어져서 형체를 알아보기가 힘들었지만 대체로 그 비슷한 열매를 먹은 듯했다. 즉시 위 내용물을 모두 모아서 농약 검사를 의뢰했다. 그리고 기본적인 간, 신장, 폐, 심장 조직 검사 내용을 올리고 부검을 마무리 지었다. 새 종류는 굳이 뇌까지 부검하지 않기에 뇌를 빼고 나머지를 모두 부검한 것이다.

다음날 기다리던 검사 결과가 나왔다. 포스파미돈 중독증. 포스파미돈은 요즘 솔잎혹파리나 월동 중인 벌레 방제를 위해 나무에 뿌리는 약이자, 이로 인해 야생 조류들이 2차 피해를 가장 많이 받고 있는 맹독성 농약이다. 벌레를 잡으려다 자칫 모든 야생 조류의 멸종을 불러올 수도 있어 제2의 고엽제가 될까 우려되는 농약이기도 하다.

다행히 조류독감은 아니어서, 급한 대로 주민들의 염려를 해소해 줄 수는 있었지만 농약 중독을 어떻게 막아야 할지 암담하다는 생각에 마음이 우울했다. 도대체 이 농약 중독이 어디서 비롯되었는지 깊이 조사하고 싶지만, 장비와 인력이 워낙 많이 드는 일이라 쉽지 않을뿐더러, 그것을 안다 해도 그 이후 어떻게 농약을 줄여 나갈지 대책을 세우기도 쉽지 않다. 직박구리의 죽음은 분명한 인재지만 범인을 찾기가 어려운 것이다. 죽은 새만 억울하게 끝나 버렸고, 우린 그저 통계치만 하나 더 얻었을 뿐이다. 부검의로서 무엇을 할 수 있을까 하는 자괴감이 많이 드는 한편으로, 환경 오염에서 동물들을 어떻게 지킬까 하는 아주 커다란 질문이 마음 한구석에 자리 잡았다.

6
무심코 던진 비닐봉지 때문에

환경 오염이나 농약 문제는 문제도 복잡하고 해결 방법도 복잡하지만, 동물원에서는 그보다 훨씬 더 단순한 이유 때문에 동물이 죽기도 한다. 동물원 동물들의 목숨을 가장 자주 위협하는 것은 다름 아닌 비닐봉지다. 동물원에 놀러 온 사람들이 무심코 던지는 비닐봉지나 막대 같은 사소한 이물질을 잘못 삼켰다가 죽음에 이르는 것이다.

그래서 동물원 사육장 앞에는 어디나 '동물에게 쓰레기를 던지지 마세요.' 같은 안내 문구가 붙어 있다. 하지만 이를 무시하는 관람객이 생각보다 많다. 먹을 것에 반응하는 동물들의 움직임을 보고 싶은 마음 때문이겠지만, 그것 때문에 동물이 목숨을 잃곤 한다. 그것도 기린처럼 키 크고 덩치도 엄청난 녀석이.

한번은 기린 부검 의뢰가 들어왔다. 말이 기린이지 키가 6미터가 넘고 몸무게가 2톤이 넘어가는 동물을 죽은 자리에서 이곳 연구원 부검대까지 옮길 수는 없는 일이다. 이럴 때는 직접 출장 가서 부검하는 방법밖에는 별다른 도리가 없다. 코끼리, 코뿔소, 하마 같은 동물들도 마찬가지이다. 몸무게가 일단 1톤이 넘어가는 동물들은 인간이 움직여야 한다. 칼이며, 톱이며, 샘플 병, 포르말린 병, 세균 채집기 등을 챙겨서 부랴부랴 동물원으로 갔다.

기린이 죽은 동물원은 말 그대로 아수라장이었다. 기린은 바닥에 누워 있고, 사방에 볏짚이며 수액 병들이 나뒹굴고 있었다. 주변이 어지러워도 부검의는 냉정해야 했다. 부검할 때만큼은 저 덩치 큰 기린도 한낱 작은 강아지 정도로 보겠다는 마음가짐을 가져야 한다.

하지만 막상 부검을 시작하자 역시 기린은 강아지와는 차원이 달랐다. 내장을 보려면 가죽을 갈라야 하는데 가죽이 두꺼워 칼이 잘 들어가지 않았다. 갈라야 할 부위도 너무 넓었다. 부검이 아니라 점점 노동이 되어 갔다. 온몸이 땀과 피로 범벅이 되었다. 이렇게 되자 정밀하게 부검해야겠다는 생각은 어느새 머릿속에서 사라져 버리고 일단 어떻게든 부검을 할 수 있어야 한다는 생각만 가득해졌다. 한참 칼질을 하다가 너무 힘이 들어서 옆에서 지켜보던 사람들에게 부탁했다.

"제발 내가 지시한 대로 누가 칼 좀 잡아 주세요!"

우여곡절 끝에 간신히 배를 열고 내장을 노출시켰다. 기린 내장도 특별히 다르진 않았다. 네 개의 위, 긴 소장, 그리고 간단한 대장과 장간막에 잔뜩 낀 기름기까지 소의 내장과 아주 흡사했다.

보통은 흉관 조직까지 모두 노출시키지만 거기까지는 도무지 힘에 부쳐 일단 복강 장기부터 열어 본 뒤 실마리가 없으면 흉강 장기까지 접근하기로 했다. 제발 복강에서 뭔가 나와 주었으면 하는 생각이 간절했다. 보통 동물원 초식 동물들은 아주 나이 많은 경우가 아니라면 대개 소화기 쪽에 문제가 있다는 것을 경험으로 알고 있었다. 물론 가축 사육장에서도 마찬가지다. 그만큼 초식 동물의 모든 것은 소화기에 달려 있다. 소화기가 바로 몸의 발전소, 발효 공장이기 때문이다.

일단 간에서 약간 지방간이 보였지만 치명적일 정도는 아니었다. 다음으로 제1위로 칼이 향했다. 제1위를 열자 특유의 발효 냄새가 풍겨 왔다. 며칠 굶었는데도 위에 건초가 가득 차 있었다. 전혀 소화를 못 시켰다는 의미이다. 음식물을 꺼내 놓고 주머니를 뒤지듯 찾아보자 무언가 까만 것이 손에 잡혀 나왔다. 끈 뭉치였다. 이어서 장갑, 비닐 같은 잡다한 것들이 두 손 가득하게 나왔다.

이것이 죽음의 원인일까? 원인일 수도, 아닐 수도 있다. 이런 것들은 그냥 위 바닥 부분에 머물러 있었다면 위험하지 않을 수도 있다. 그러나 연동 운동에 의해 제2위로 넘어가는 작은 구멍에 축적되고 계속 커져서 마개가 되어 버리면 단 한 번으로도 치명적일 수 있다.

확실히 하기 위해 장을 비롯해 흉강 장기까지 톱으로 힘들게 자르고 늑골까지 잘라 부검을 했지만 역시 예상대로 별다른 건 없었다. 그렇다면 이제 원인이 명백했다. 기린은 제1위 폐쇄에 의해 소화기가 요동치다 지쳐서 무력증에 빠졌고 결국 산화 발효가 일어나 혈액 산증으로 죽음에 이른 것이라는 결론에 이를 수밖에 없었다. 관람객들이 무심코 던진 이물질이 기린을 사망하게 한 것이다.

물론 기린을 관리하는 사육사와 수의사에게도 책임은 있다. 기린이 아무것이나 삼키지 않도록 관리할 의무가 이들에게 있다. 하지만 관람객들이 조금만 주의해 주었다면 충분히 막을 수 있는 죽음이라는 점에서 못내 안타까웠다.

6장

도시에 사는 야생 동물들

오랫동안 수의사로 일하면서 나는 정말 많은 동물을 만났다. 매일 만나는 동물원의 700여 마리 동물들 외에도 출퇴근길에서, 가끔씩 오르는 산에서, 내가 사는 동네에서 다종다양한 동물들을 마주친다. 아무래도 사람보다 동물들을 더 많이 만나며 사는 것 같다.

　나야 직업이 동물과 관계가 있으니 더 많이 만나는 것이지만, 직업이 이렇지 않더라도 사람들은 일상에서 생각보다 많은 동물들을 만난다. 다만 눈여겨보지 않고 그냥 지나치기 때문에 충분히 의식하지 못할 뿐이다.

　수의사로써 느끼는 바를 말해 보자면, 예전에 비해 동물을 사랑하는 법에 대해서 의식이 많이 높아진 것 같다. 반려동물을 키우는 사람도 많아져서, 개나 고양이에 대해서는 수의사인 나보다도 훨씬 많은 지식과 경험을 지닌 사람이 적지 않다. 애완동물이라는 말보다 반려동물이라는 말이 더 일반적으로 쓰일 정도로, 동물들을 잘 보살펴야 한다는 인식이 이제 많이 자리 잡았다.

하지만 우리는 여전히 동물 사랑이라고 하면 반려동물을 잘 보살피는 것에만 머무는 것은 아닌가 싶다. 우리와 더불어 도시에서 살고 있는 동물들은 훨씬 더 많고 다양하다. 내 집 밖에서 살아가는 야생 동물들도 엄연한 우리의 이웃이다. 우리의 관심과 사랑을 필요로 한다. 진정으로 동물을 아끼는 사람이라면 이들과 함께 더불어 사는 방법에 대해서도 더 깊이 생각해 봐야 할 때이다.

1

도시 안에선 공존, 밖에서 양보

　몇몇 학자들이 관심을 갖고 있는 '도시 생태계'(urban habitats)라는 개념이 있다. 지극히 인간 위주로 만들어진 도시에 무슨 생태계가 있을까 하고 의아할지도 모르겠다. 도시란 오직 인간을 위한, 인간에 의한, 인간의 공간일 뿐이라고 생각하는 이들이 많다. 고층 빌딩 숲에 살다 보면 그렇게 생각하기 쉽지만 알고 보면 우리는 도시 생태계의 일원으로 살아가고 있다.

　이 생태계의 정점에는 물론 인간이 있다. 그러나 중간 지점을 도시의 매, 너구리, 길 고양이와 버림받은 개들이 차지하고 있고 그 아래에는 비둘기, 까치, 참새, 쥐들이 있다. 그뿐 아니다. 더 아래로 내려가면 모기나 파리, 바퀴벌레, 거미 같은 곤충들이 굳건히 밑을 받치고 있고 그 아래로 더 가면 집진드기, 세균, 곰팡이, 바이러스들이 있다. 그리고 도시에서 특화된 계층으로, 어딘가에 끼워 넣기 애매한 반려동물들이 있다. 또 드물게 길 잃은 멧돼지나 고라니들의 침입도 일어난다.

그들의 터전은 빈약한 도시의 공원과 얼마 안 되는 녹지대이다. 이들은 모두 우리와 도시에서 더불어 살고 있는, 도시 생태계의 엄연한 구성원들이다.

가끔 어떤 구성원들은 인간과 마찰을 빚기도 한다. 가장 대표적인 구성원으로, 도시 곳곳에 사는 버림받은 길 고양이들이 있다. 급격히 불어난 이 길 고양이 군단은 이제 도시에서 인간 다음의 차상위 포식자라 해도 전혀 손색이 없다.

이들은 워낙 민첩하고 빨라서 사람들 눈에 잘 띄지 않지만, 온 세상이 조용한 한밤중에 아기 우는 소리를 닮은 울음소리를 내거나, 쓰레기통을 헤집어 놓을 때면 어쩔 수 없이 존재를 들키고 만다. 하지만 가만히 생각하면 이런 소소한 문제 이외에 이들이 인간에게 직접적인 상해를 입히는 경우는 거의 없다.

요즈음에는 고양이 외에 야생 너구리도 볼 수 있다. 밤이 찾아오면 도심의 천변이나 공원에서 심심치 않게 야생 너구리가 눈에 띈다. 일전에 한 대학 캠퍼스에 바람 쐬러 들어갔다가 쓰레기통을 뒤지고 있는 녀석이 있기에 개인가 싶어 쳐다보다가 너구리임을 알고 깜짝 놀라기도 했다. 많은 사람이 주변에 있었건만 그들은 너구리의 존재를 전혀 의식하지 못하고 있었다. 아마 나처럼 개라고 짐작하고 돌아보지 않은 것일 테다.

비둘기는 사람들에게 유독 미움받는 존재이다. 초식성이던 비둘기들이 도시로 내려오면서 품종도 고착화되고 식성 또한 잡식성으로 변해 버렸다. 날개도 많이 퇴화되어 녀석들은 멀리 날지도 못한다. 그래서인지 이들의 세력권은 반경 1킬로미터를 넘지 않는다. 길거리에 떨어진 이들의 배설물 때문에 싫어하는 사람들이 많지만, 이 비둘기들을 살찌우고 키우는 것은 결국 저녁 내내 길거리에 버려 놓은 인간의 부산물들이다.

가끔은 도심의 비둘기들을 먹이로 하는 매들 역시 텃새화되어 아파트 베란다 같은 곳에 둥지를 틀기도 한다. 원래 높은 나무 위나 절벽 위에 집을 짓는 이들의 습성상 아파트 베란다는 적당한 둥지 터가 될 수 있다. 한때 뉴욕에선 아파트에 매년 집을 짓는 매 둥지를 놓고 철거냐 보존이냐 하는 논란이 뜨겁게 인 적이 있다. 전봇대의 까치집이나 박물관 처마 밑의 비둘기 집 역시 같은 문제를 일으키고 있다. 아이러니하게도 도심의 생태계는 인간의 무관심 덕에 꽤 안정적인 단계까지 성장해 버렸다. 균형을 잡아 주는 자연의 섭리는 황량한 콘크리트의 도시에도 미치고 있는 것이다. 어머니 자연이 요구하는 것은 결국 공생이리라.

도시 생태계에서는 그럭저럭 공생이 유지되는 것 같은데, 도시의 근처, 도시와 야생의 경계에서는 가끔씩 마찰이 일어난다. 물론 도시 근처 자연에서는 일찌감치 총을 앞세운 인간들이 여러 동물의 멸종을 일으킨 바 있다.

호랑이, 표범, 늑대 등은 모피에 대한 인간의 욕망 때문에, 그리고 유해 조수 구제라는 명목 때문에 진작 멸종되었다. 그리고 이들 종이 멸종하자 심각한 생태계 불균형이 초래되어 그 틈새로 멧돼지, 너구리 등이 우점종을 차지하게 되었다. 멧돼지가 초식 동물을 대표한다면 육식 동물은 이젠 너구리가 대표한다. 그만큼 이들은 번식력이나 환경 친화력이 뛰어나다. 환경 친화력이 뛰어나다는 것은 인간 주변에 사는 데에 능숙하다는 의미이기도 하다.

멧돼지의 주 먹잇감은 벼와 고구마 등의 작물이다. 너구리 또한 닭이나 오리 같은 가금류를 잡아먹는다. 이 대열에 청솔모와 까치까지 가세하여 야산의 과수원마저 위협하고 있다. 이런 이유로 인간과의 갈등이 끊이지 않는다.

그러나 보다 근본적인 원인은 인간이 야생 동물 구역에 침범했다는 데에 있다. 인간은 끈질긴 '개척 정신'으로 동물들의 깊은 터전까지 파고들었다. 도심의 야트막한 야산들은 대부분 아파트에 둘러싸여 섬이 되어 가고 있다. 당연히 그곳에 원래 살던 동물들은 고립되고 인간과 부딪힐 수밖에 없다. 외진 시골조차 사람들이 전원주택 단지를 조성하고 비닐하우스를 활용하면서 자꾸 야생 동물 구역으로 세력을 확장하다 보니 도대체 누가 침입자이고 누가 원주민인지 애매한 상태에 이르렀다. 물론 대개의 경우 인간이 침입자일 것이다.

이들 야생 동물들에 대해 서식지 분포나 행동 양식에 대한 정확한 조사를 먼저 진행하고 대책을 세우는 것이 현명한 일이겠지만, 현실은 그렇지 않다. 사람들은 동물들의 침범이 잦아지면 처음에는 소극적인 방어 전략들을 구사한다. 꽹과리를 치기도 하고 호랑이 똥을 구해 밭에 뿌리기도 한다. 다음 단계는 조금 비용을 들여 물리적인 방어막을 구축하는 것이다. 즉 울타리나 덫을 놓는 것이다. 하지만 들인 비용에 비하면 효율성이 낮다. 최후의 방법은 결국 총이다. 총은 사람들에게는 손쉬운 도구지만 야생 동물들에게는 사형 선고나 다름없다. 요즈음은 총기도 발달해서 누구나 명사수가 될 수 있다. 하지만 총을 가졌다고 해서 인간이 영원히 이기는 것도 아니다. 무분별한 총기 사용은 특정 종의 멸종을 부를 수도 있다. 멸종은 또 다른 멸종을 낳는다. 결국 인간을 포함해 어떤 종도 살 수 없는 죽음의 생태계가 되어 버릴 것이다.

이런 현실을 우려하면서 농사짓던 어르신에게 한번 여쭈어 본 적이 있다. 옛날에는 멧돼지가 나타나면 어떻게 하셨는지 궁금했다. 그분의 대답 안에 답이 있었다.

"원래 그런 곳에는 농사를 짓지 않았으니 멧돼지를 볼 일도 없었어."

인간이 사는 데에 인간이, 동물이 사는 곳에 동물이 살면 되는 것이다. 도시에서 공생의 지혜가 필요하다면, 도시 바깥에서는 양보의 미덕이 필요하다. 옛사람들이 갖추고 있었던 그 지혜가 오늘날 도시 사람들에게도 여전히 유용하다.

2
길 위의 죽음, 로드 킬

캥거루는 사람을 별로 두려워하지 않는다. 차도 무서워하지 않는다. 낯선 사람을 보면 일부러 다가와서 친한 척하는 착한 동물이다. 인상도 좋다. 수컷 캥거루는 입 주위에 검은 얼룩무늬가 있어 마치 수염 난 동네 아저씨 같은 푸근한 인상을 풍긴다. 하지만 바로 그 때문에 위험에 처하기도 한다. 오스트레일리아에서는 해마다 많은 캥거루가 도로에서 차에 치여 죽는 일, 이른바 로드 킬(road kill)이 발생한다. 그래서 이 나라의 도로 표지판에는 캥거루가 그려져 있는 곳이 많다. 이곳엔 캥거루가 자주 지나다니니 천천히 다니라는 표시이다.

로드 킬은 이제 용감한 캥거루가 많이 사는 오스트레일리아에서만 일어나는 일이 아니다. 우리나라에서도 수많은 동물들이 길 위에서 영문도 모른 채 죽음을 맞고 있다. 그래서 외국 영화 제목

같은 로드 킬이 어느새 사람들 간에 흔히 쓰이는 말이 되었다.

도로를 달리다 보면 누구나 로드 킬이 상당히 심각하다는 것을 절감할 것이다. 고백하건대 나 역시 언젠가 야간에 국도를 달리다 어떤 동물을 친 후 그냥 지나간 경험이 있다. 그때의 일에 죄책감이 크게 남아서, 나는 길거리에 나자빠진 동물들을 보면 내가 한 일이 아니라도 책임감을 느낀다. 그래서 도로 위에서 죽은 동물을 발견하면, 차 안에서 장갑이나 삽을 꺼내 근처에 묻어 주곤 한다.

하지만 이렇게 할 수 있는 사람은 많지 않을 것이다. 다들 바쁘다 보니 동물을 친 뒤에도 한시바삐 그 자리를 벗어나곤 한다. 지나가는 길에 죽은 동물을 발견할 경우엔 더 말할 나위도 없다. 그 결과는 도로 위에 아침마다 널려 있는 처참한 주검들이다.

로드 킬이라고 하면 주로 야생 동물이 희생양이 될 것이라 짐작하지만 현실은 그렇지 않다. 사실 로드 킬로 가장 많이 죽는 동물은 다름 아닌 개이다. 특히 집 안에서만 키우던 반려견들이 어쩌다 길을 잃고 도로 위를 방황하다가 사고를 당하는 경우가 많다.

반려견들은 낯선 환경에 갑자기 놓인 탓에 헤매다가 그렇게 되는 것이지만, 다른 야생 동물들은 왜 길 위에서 죽을까? 원래 그곳에서 살던 동물들이라면, 비록 도로나 자동차가 자연물은 아닐지라도 비교적 익숙한 환경일 텐데, 왜 끊임없이 사고가 일어날까?

동물들이 차의 속도에 미처 대응하지 못하는 탓도 있지만, 대부분 차의 밝은 전조등 불빛 때문이다. 이렇게 밝은 불빛은 동물들에게 일시적인 마비 효과를 일으킨다. 주로 야간에 활동하는 동물들은 눈 안에 반사 기능을 가지고 있다. 그래서 야행성 동물들은 밝은 불빛을 보면 오히려 앞이 캄캄해져 순간적으로 정신 착란에 빠진다. 그리고 그 자리에 못 박힌 듯 서 있게 된다. 선 자리에서 꼼짝도 못한 채 그대로 비참하게 생을 마감하는 것이다. 운전자의 입장에서 보면 충분히 먼 거리에 있는데 왜 저 동물은 차를 보고도 피하지 않을까 하는 의문이 들지만 사실 피할 수 없는 것이다.

이런 현상을 이용해 현대의 사냥꾼들은 위압적인 탐조등을 가진 차량을 이용해 야간 사냥을 하기도 한다. 비겁한 일이다. 그렇다고 야행성 동물들을 모두 주행성으로 바꿀 수도 없는 일이고, 동물들에게 일제히 선글라스를 씌울 수도 없으니 난감한 일이다.

동물들을 아예 자동차 근처에도 가지 못하게 하면 되지 않을까? 동물들을 도로에 내려오지 못하게 하는 것은 아주 어렵다. 사람들이 잘 포장된 길을 좋아하듯 동물들 역시 잘 다듬어진 길로 다니는 것을 좋아한다. 양서류, 파충류, 포유류 모두 따뜻하고 매끈한 도로를 좋아하기는 사람과 똑같다. 때로는 자신이 닦아 놓은 길을 가지만, 주로 사람이 인위적으로 만들어 놓은 매끈한 길로 다닌다. 특히 너구리나 오소리 같은 부지런한 동물들은 이렇게 잘 만들어 놓은 길을 좋아한다. 부지런한 사람들이 낟알이나 고추를 매끈한 도로에 말리는 것과 같다. 단지 동물들은 사람들처럼 그곳이 위험하다는 것을 이해하지 못할 뿐이다. 물론 개중에 멧돼지같이 영리

한 동물들은 이런 사실을 알고 있는 듯 좀처럼 도로로 나서지 않아 로드 킬을 당하는 경우가 거의 없다.

더욱 큰 문제는 우리의 도로들이 생태적인 고려를 거의 하지 않은 채 만들어졌다는 것이다. 어떤 동물들이 그곳에 살고 있으며 어떤 길로 다니는지 등을 파악하지 않고 그저 지도 상에 그은 선만을 기초로 길이 만들어지는 경우가 많다. 요즈음은 관광 개발이라는 명목으로 강가나 바닷가에 도로를 놓기도 한다. 이런 곳엔 동물들의 필수 이동 경로가 많은데도 그에 대한 고려가 별로 없다. 사람들이 드라이브하기엔 그만이겠지만 차에 치이는 동물들은 이런 도로 수에 비례해 늘어난다.

그 대안으로 동물들을 위한 생태 통로를 따로 조성하기도 하지만, 실제로 만들어 놓은 생태 통로를 보면 정말 동물을 생각해서 만든 것인지 의심이 갈 때가 많다. 그저 형식적으로 만든 것처럼 보일 정도로 무성의한 데다 그 수마저 터무니없이 부족하다. 가능하다면 생태 통로를 더욱 많이 늘리면서 크기와 위치를 다양하게 하고, 인공적인 것을 감추는 조경 기법을 도입하면 좋겠다. 아울러 정말 위험한 도로에는 아예 야생 동물들이 들어오지 못하도록 울타리를 치는 방법도 고려해 볼 만하다.

로드 킬을 줄이려면 무엇보다 우리 모두가 동물들의 처참한 죽음 앞에 아파할 줄 알아야 한다. 공감 능력은 기르고 욕심은 조금 버리는 것이 도로 위의 죽음을 막는 가장 기초적인 방법이다.

3
철새는 왜 더 날아가지 못했나

동물원에서 휴일 근무를 서는데 한 낚시꾼에게서 다급한 전화가 왔다. 가창오리로 보이는 새가 스무 마리 정도 죽어 있고 겨우한 마리만 살아서 비틀비틀하는데 어떻게 해야 되느냐는 것이었다. 가까운 지방 자치 단체에 연락해 보라고 말씀드렸더니 휴일이라 연락을 받지 않는단다. 그럼 근처 119에 연락해 보라고 다시 안내를 드렸더니 그렇게 복잡하면 직접 가지고 오겠다며 기다리라고 하고는 전화를 끊었다.

두 시간 정도 지난 후 정말로 새를 가지고 오셨는데 가만 보니가창오리가 아닌 철새 중 진객에 속하는 큰기러기였다. 그 커다란것이 저수지 같은 작은 호숫가에 나타나는 일은 드문데 아마 철새의 정기 이동 중에 잠깐 쉬려고 내린 모양이었다. 애써 가져오신기러기는 상태가 많이 나빴는데 결국 도착한 지 채 한 시간도 안 되어 그만 죽어 버렸다. 외상도 없고, 영양 상태도 고른데 집단 폐사한 것을 보면 급성 중독 증상이 아닐지 의심이 갔다.

왜 그런 일이 일어난 것일까? 원인은 두 가지 정도로 추정할 수 있다. 첫째로 사람이 의도적으로 볍씨에 약물을 섞어 뿌린 것이다. 여러 사정이 있어 새들이 반갑지 않을 때 안타깝지만 사람들이 그렇게 하는 경우가 있다. 하지만 의도적이라면 이렇게 방치했을 것 같지는 않았다. 또 하나는 그저 우연에 의한 것이다. 함부로 버려둔 맹독성 농약 병에서 남은 농약이 흘러나와 땅바닥에 남아 있던 볍씨에 스며들었는데 그것을 새들이 먹고 밤새 괴로워하다 서서히 죽음을 맞은 것이다.

새를 부검해 보니 역시 위에서 파랗게 변색된 볍씨들이 나왔다. 주로 식도 쪽에 정체되어 있는 것을 보니 토하려고 노력한 흔적이 역력했다. 일반적인 새들 같으면 의심이 가는 볍씨는 아예 쳐다보지도 않는다. 하지만 이동 중에 있는 철새들은 워낙 에너지 소비가 많은 데다 생소한 환경이다 보니 우두머리가 덥석 집어 먹은 모양이다. 그러면 다른 새들도 모두 따라서 집어 먹었을 것이다. 이런 추측은 굳이 탐정이 아니라도 몇 번 부검을 해 본 사람이라면 주검을 통해서 충분히 할 수 있다. 죽은 동물이 몸으로 말해 주기 때문이다.

사실 이런 상황에서 수의사를 찾아오는 경우는 비록 살아 있더라도 치료 효율이 10퍼센트도 되지 않는다. 중독에 대항해서 신경

억제제나 진정제를 주사하긴 하지만 주사 바늘을 한 번 찌르는 것으로 인해 사망하기도 한다. 주사를 견딜 힘조차 없기 때문이다. 그래서 나는 이런 경우 차라리 하루 동안 그냥 지켜보는 방법을 택한다. 섣불리 치료하는 것보다 오히려 그 편이 더 나을 때가 많다.

이보다 더 좋은 방법은 현장에서 바로 치료하는 것이다. 응급 처치를 한 후 근처에서 보온과 안정을 취해 주는 것이 제일 좋다. 먼 곳으로 옮기려다 보면 신경 마비를 일으키는 농약으로 가뜩이나 약화된 호흡 근육과 심장 근육이, 수송 스트레스로 인해 더욱 악화될 수 있기 때문이다. 그래서 처음부터 가까운 기관에 연락하라고 말씀드린 것이었다.

그런데 실은 우리나라의 수많은 지자체 중 야생 동물을 잘 보살필 수 있는 전문 능력을 갖춘 곳은 손에 꼽을 정도로 적다. 정책이 없는 것은 아니다. 야생 동물 보호 정책은 많지만 이에 부응해 줄 행정력과 전문 인력이 태부족인 것이다. 모든 정책은 시스템이 따라야 효과를 볼 수 있는 법이다. 그러니 큰기러기의 집단 폐사 같은 일이 계속 반복될 수밖에 없다.

국내에는 순천, 공주, 강원대, 제주대 등에 야생동물보호센터가 있고 앞으로 몇 개 더 권역별로 만들어질 예정이다. 내가 사는 광주에도 곧 국립야생동물보건원과 야생동물보호센터가 동시에 만들어질 계획이다. 국립생태원 등에서도 야생 동물 연구를 하고 있다. 하지만 이 정도로는 우리나라에 살고 있거나 우리나라를 찾아오는 다양한 야생 동물들을 보호하기에는 턱없이 부족하다.

현재 민간 환경 단체의 주도로 반달곰, 산양 복원 및 보호 사업이 진행 중이다. 야생 여우 복원도 물망에 오르고 있다. 그런데 인력과 시스템의 한계가 있다 보니 이런 복원, 보호 사업의 혜택도 주로 작은 초식성 동물들에게 돌아간다. 반달곰이 있긴 하지만 호랑이, 표범, 늑대, 스라소니 같은 다른 큰 동물들은 아직 요원하기만 하다. 굳은 의지를 가진 사람들이 민간에도, 정부에도 훨씬 더 많아져야 한다. 자연을 허투루 보지 않는 사람들이 필요하다.

날개를 퍼덕거리며 죽어 가는 큰기러기를 지켜보고 있자니, 누군가 버렸을 농약 병이 나뒹구는 풍경이 머릿속에 자꾸 그려지면서 안타까움이 더해졌다. 아무것도 해 줄 수 없는 내 자신이 원망스러울 따름이다.

4
스라소니와 수달을 기억하며

스라소니란 이름은 참 이국적이다. 우리말인데도 마치 외국어처럼 독특한 어감이 있다. 하기야 호랑이, 늑대, 토끼, 노루, 여우도 그 이름을 가만히 음미해 보면 독특한 맛이 있다. 하지만 그중에서도 스라소니라는 이름만큼 이색적인 것은 없다. 부르면 부를수록 특별하다. 이렇게 아름다운 이름이건만, 안타깝게도 그 이름의 주인공은 지금 우리나라에서는 찾아볼 수 없다. 고양잇과의 맹수인 스라소니는 우리나라 고유종이지만 우리 산천에서 더 이상 보기 어렵다.

나는 스라소니란 말을 어린 시절 텔레비전 드라마에서 처음 접했다. 일제 강점기와 해방 이후 시대를 주름잡은, 의협심이 강하고 화끈한 조선 주먹의 대명사가 스라소니였다. 꽤 주먹이 센 캐릭터가 맹수인 스라소니의 이미지와 잘 어울렸다.

나중에 동물원에 가서야 비로소 스라소니의 실체를 접했다. 충청도의 한 동물원에서 주황빛이 도는, 표범보다 작고 고양이보다는 훨씬 큰 동물과 마주 섰다. 고양잇과 특유의 깊고도 호기심 많은 눈이 보였다. 갇혀 있는데도 아주 깔끔하게 단장된 외모 역시 그가 고양잇과의 일족임을 바로 알게 했다. 다른 고양잇과 동물들은 털에 선이든 점이든 진한 위장 무늬를 가지고 있는데 비해 그 녀석은 귀족처럼 붉은 망토만 두르고 있었다. 고양잇과 중에 가장 멋쟁이처럼 보였다. 꼬리는 거의 없다시피 했다. 아마도 질주를 별로 하지 않고 나무 위에서 사냥감을 덮치기 때문에 그럴 것이다. 이런 동물들에게는 사실 꼬리가 거추장스럽다. 귀에는 스라소니임을 나타내는, 위로 솟은 털이 나 있었다. 흡사 귀걸이를 한 듯한 모양새였다. 사람 귀걸이도 스라소니처럼 하늘로 향하는 형태로 만들면 달랑거리지 않을 테니 괜찮을 성싶었다.

동물들은 자신을 드러내는 데 절대 속임수를 쓰지 않는다. 가령 공작 수컷은 건강해야만 찬란하게 꽁지를 펼칠 수 있다. 암컷들은 당연히 이런 공작을 선호한다. 다른 새들도 마찬가지다. 사자의 갈기가 좋다는 것은 그가 강인하고 건강하다는 것을 뜻한다. 이런 것을 동물 세계의 '정직한 광고 이론'이라고 부른다.

그런데 스라소니는 외모가 너무 아름답다 보니 그 외모에 반한 인간들에 의해 멸종 과정을 착착 밟고 있다. 이제는 인간의 눈에 아름다워 보이면 절대 안 되는 것이 오늘날 동물들의 새로운 생존

원리가 된 것만 같다.

스라소니가 '주먹'의 이름으로 오르내릴 정도였다면 분명 그전에 한반도에 꽤 살아 있었던 것 같다. 『동국여지승람』을 비롯해 조선의 기록 중 몇몇에도 수달, 해달, 청솔모와 더불어 토표(스라소니)가 종종 나온다. 대부분 그들의 가죽에 관한 것이다. 그런 스라소니가 일제 강점기를 거치며 멸종해 갔다.

드라마에 나온 스라소니란 사내의 의리 있는 이미지는 참 마음에 들었다. 그런데 진짜 스라소니를 보고 나니 스라소니가 더욱 마음에 든다. 내 학창 시절을 돌이켜 보면 '주먹을 좀 쓴다'고 했던 친구들은 몸이 장대하지는 않았다. 오히려 작고 날렵하면서 눈매가 살아 있었다. 그들이 일그러진 영웅이었다면, 스라소니는 한 점 일그러짐 없이 꼿꼿하게 살다가 말없이 사라진 진정한 영웅이다. 이렇게 용맹하고도 아름다운 맹수가 우리 곁을 떠났다는 것이 너무나 안타까울 뿐이다. 야생 동물 복원 사업이 꼭 필요한 이유다.

수달이 다시 나타났다고?

수달도 스라소니처럼 말없이 사라진 줄 알았다. 그런데 얼마 전에 광주천 중류 부근에 수달이 나타났다는 뉴스 보도를 접했다.

'광주천 중류에 어떻게 수달이 나타날 수 있지?'

소식을 듣고 맨 처음 든 마음은 사실 기쁨보다 의심이었다. 수달은 생태계가 잘 발달된 깨끗한 환경에서 살기 때문에 하천 환경의 건강한 정도를 나타내는 지표종으로 꼽힌다. 그 보도를 보았을 때가 마침 섬진강 자연생태공원에 들렀다가 이런 설명을 들은 뒤였다. 그 설명을 들으면서 섬진강이라면 모를까 내가 사는 곳에서 가까운 광주천, 그것도 중류 쪽은 수달과 전혀 인연이 없겠구나 하고 생각했던 터였다.

내가 아는 수달에 대한 짤막한 상식은 이렇다. 수달은 먹이가 풍부하고 주변 자연환경이 잘 발달되었으며 인적이 드문 댐이나 강가에 산다. 주로 저녁에 활동한다. 워낙 식성이 좋아 수시로 물고기를 잡아먹는다. 바위 위에 올라가 몸을 턴 뒤 그 위에 흔적을 남기기 위해 똥을 싸기도 한다. 낮에는 바위틈이나 그루터기에 들어가 휴식을 취한다. 주로 가족 단위로 모여 살며 무리를 짓지 않는다. 활동 반경이 사방 10킬로미터에 이른다. 하천 최상위 포식자이기 때문에 수달이 산다는 것은 하부 생태계도 건강하다는 뜻이다.

그리고 광주천에 대해 알고 있는 짤막한 상식은 또 이렇다. 광주천은 현재 자연형 하천으로 복원 중이다. 부족한 수량을 메꾸기 위해 하류의 하수 처리장 물을 상류로 역 펌핑하여 흘려보내고 있다. 가끔 여름철에 큰비가 오면 부유물이 늘어나 물고기들이 집단으로 질식사하기도 한다. 하지만 인위적인 노력 덕분에 평상시에는 낚시를 할 수 있을 만큼 물고기나 양서류의 수가 늘었다. 이들을 잡아먹는 해오라기나 왜가리, 백로들이 광주천을 기반으로 생을 꾸려 가기도 한다. 겨울이 되면 20종이 넘는 오릿과 철새들이 날아와 이곳에서 겨울을 난다.

이 두 종류 정보를 바탕으로 수달이 광주천 중류에 나타나기까지, 내 나름대로 시나리오를 만들어 보았다. 일단 우리 눈에 보이지는 않지만 광주천 상류에는 수달이 몇 마리 살고 있다고 가정한다. 몇 년 전에 했던 환경 조사에 의하면 광주천 상류에 수달이 살고 있다는 증거들이 여럿 나온 바 있으니 근거 없는 추론은 아니다. 그렇게 상류에 살고 있던 수달이 인간의 간섭 때문이든, 호기심 때문이든 어떤 이유로 광주천 중류까지 이동했다. 그리고 중류에서 며칠 동안 경쟁자 없이 먹이 활동을 즐기다가 사람들 눈에 띄고 말았다. 사람들이 관심을 가지고 주위에 모여들어 웅성거리자 신변에 위협을 느끼고 야음을 틈타 원래 자기 사는 곳으로 몰래 돌아갔다.

만일 내 추정이 맞는다면, 수달을 광주천에서 다시 보려면 수달이 중류까지 안심하고 내려올 수 있도록 좋은 물길을 터 주어야 한다. 이동 통로에 수달이 놀거나 숨을 수 있는 바위를 두고 나무도 심어야 할 것이다. 아울러 하천 바닥을 깨끗이 하고, 오염을 최대한 막을 수 있는 대책도 더 세워야 한다. 마지막으로 가장 중요한 것이 있다. 행여 수달이 보이더라도 곁눈으로만 보고 모른 척할 줄 아는 우리 인간의 배려심이 있어야 한다.

많은 이가 손님이라고 여기면 수달은 손님이 된다. 귀한 손님이라면 대접을 소홀히 할 수 없다. 장도 보아야 하고 집 안도 깨끗이 청소해야 한다. 그런 정성을 쏟는다면 수달 같은 귀한 손님이 다시 우리를 찾아올 것이다. 그날을 기다린다.

5
구제역과 조류독감, 최선입니까?

　사람의 죽음을 목격해야 하는 의사들은 때때로 마음의 고통을 느낄 것이다. 수의사들이 목격하는 것은 동물의 죽음이지만, 그렇다고 해서 수의사들의 상처나 아픔이 결코 작지는 않다. 특히 수의사들은 대량으로 동물을 매몰해야 하는 상황에 맞닥뜨릴 때가 있는데, 이럴 때 정말 큰 상처를 받게 된다. 온 나라를 혼란 속에 빠뜨렸던 구제역과 조류독감 사태 때의 이야기이다.

　이런 가축 전염병 사건이 터지면 주변에서 가슴 아픈 소식이 많이 들려온다. 동물이 관련된 일인 만큼 동물들을 매몰하는 것부터 사후 처리까지 전 과정에 수의사가 참여해야 하는데, 그 후유증이 만만치 않다. 실제로 젊은 수의직 공무원 중 상당수가 조기에 퇴직을 하기도 했다. 지금도 그 작업에 참여했던 많은 수의사가 정신적 상처에 시달리고 있다. 나도 가끔 주위에서 국가적인 사명감에 이

끌려 나섰다가 수의사의 길을 포기하고 만 선배나 후배들을 만난다. 누구보다 열정이 많았던 사람들이라 더욱 안타깝다.

그동안 우리나라는 가축 전염병에 있어 최전선이나 다름없었다. 해외에 어떤 전염병이 돌았다 하면 어김없이 1, 2년 내에 그 병이 우리나라에도 발생했다. 구제역이 그랬고, 조류독감도 그랬다. 현재도 부족한 인력 및 불완전한 국경 검역 체계로 인해 직간접적으로 신종 질병들이 계속해서 우리를 위협하고 있다.

하지만 그에 대한 정부의 대책이란 부족하기 짝이 없다. 전염병이 발생하면 온 나라가 정신없이 부산해지지만, 지나가고 나면 그 기쁨을 자축할 뿐 근본적인 대책을 세우는 데에는 무심하다. 이런 병이 왜 발생했고, 앞으로 어떻게 예방하고 대처할지 고민해야 하는데 그런 노력이 너무 부족하다. 그러니 다시 비슷한 사건이 터지면, 또 비슷한 상황에 놓이고 만다.

대책은 별로 없고 두려움은 날로 커지니 가축 전염병이 발생하면 대한민국은 동물에 대한 기본적인 의무와 권리마저 포기하는 나라로 돌변한다. 이 전염병 때문에 사람들이 어떤 피해를 입을지 모른다는 두려움에 사로잡히기 때문이다. 여기에는 언론의 책임도 있다. 언론에서 가축 전염병의 위험성을 너무 강조하다 보니, 사람들이 필요 이상으로 불안에 떨게 된다. 병을 완벽하게 통제할 수 있다고 생각하는 것은 만용이지만 순리에 맞게 차분하게 대처하면 큰 무리 없이 처리할 수 있는 경우도 적지 않은데 이런 사실을 제대로 살펴보는 이는 드물다.

우리나라에서는 실제로 병에 걸린 가축은 물론 의심되는 가축까지 살처분(안락사 등으로 죽이는 조치)하는 조치를 취하곤 한다. 이렇게 극단적인 선택으로 가축들을 희생시키는 것 외에 다른 방법은 없는 것일까? 그것이 가장 확실해 보일지는 몰라도 가축의 생명을 생각한다면 정말 못할 짓이다.

게다가 그런 소동이 벌어지면 방송에서는 살아서 꽥꽥거리는 오리며 돼지, 소들을 매장하는 장면을 무신경하게 내보낸다. 농민들은 그 곁에서 한숨 쉬고 눈물지을 뿐이다. 그러다 그런 푸닥거리가 끝나고 나면 언제 그런 일이 있었나 하고 까맣게 잊어버린다. 우리의 건강을 위해 희생된 가축들에 대해서 한 번쯤 진지하게 고민해 보아야 하지 않을까? 아무리 가축이기로서니 이렇게 무심할 수 있을까? 집에서 키우는 개나 고양이에 대해서는 사랑받고 보호받을 권리를 강하게 주장하는 사회에서, 왜 가축들은 고통받지 않고 죽을 최소한의 권리마저 없다는 듯 행동하는 것일까? 이건 정말 말도 안 되는 난센스다.

전염병의 기본은 병원체, 숙주, 환경이다. 전염병은 이 세 요소의 유기적인 관계로 이루어진다. 그러니 이런 유기성을 파악하는 것이 전염병을 연구하고 조사하는 것의 기본이다. 질병이 발생하면 무엇보다 이런 기초 역학 관계를 전면적으로 조사해야 한다. 부득이 도살 조치를 해야 한다면 최대한 안락사를 유도해야 한다. 그런 다음에는 다시는 비슷한 질병이 발생하지 않도록 확실한 예방 조치를 취해야 한다. 그래야 사람들도 안심할 수 있고, 학자들을 신뢰할 수 있을 것이다.

지금 당장은 눈에 띄는 가축 전염병이 없어, 죄 없는 동물과 죄 많은 인간 사이의 갈등이 일단 수면 밑으로 가라앉은 상태다. 하지만 이 이슈는 마치 휴화산처럼 잠복해 있는 것이 분명하다.

가축을 생명이 아닌, 단순한 우유나 육류 생산 기계로 바라본다면 앞으로도 우리는 달라지지 않을 것이다. 소, 오리, 닭, 돼지들이 가진 생명의 무게를 묵직하게 여기는 것은 인간의 의무이다.

동물원의 동물들이 궁금해요!

1. 기린은 왜 자꾸 울타리를 빨아요?

기린은 허우대도 크고 행동도 참 우아한데, 그런 풍모를 깨는 약점이 하나 있어요. 그 긴 혀로 뭐든 닥치는 대로 빨아 댄다는 거지요. 아프리카 사바나에서도 주위를 어슬렁거리다가 사자 무리나 하이에나 떼가 잘 발라 먹은 뼛조각이라도 발견하면 주워서 쪽쪽 빨고 다녀요. 동물원에는 이렇게 맛있는 뼈가 없으니 쇠 울타리도 빨고 기둥도 빨고 문도 빨려고 든답니다. 심지어 기린이 있는 곳에서 멀찌감치 심어 놓은 가로수도 빨아서 나무의 중간 부분이 앙상하게 남아 있기도 해요. 한때 동물원에서 기린사에 새 페인트를 발랐다가 그것까지 계속 빨아 대는 바람에 납 중독에 걸릴까 봐 한바탕 난리를 치른 적도 있어요.

왜 그렇게 빨아 대느냐고 묻는다면 혀 운동, 목 운동을 하는 것이라고 말할 수 있어요. 몸에 부족한 칼슘 등 미네랄을 보충하는 행위이기도 하지요. 그런데 필요 이상으로 빨아 대는 것을 보면 이 모가지가 긴 짐승이 무언가에 늘 허기져 있기 때문은 아닐까 하고 조심스럽게 추측해 봅니다.

아, 오해하진 마세요! 동물원에서는 밥을 충분히 준답니다.

2. 하마 물은 왜 늘 더러워요?

하마가 똥물 속에 사는 것 같아서 많이 놀라셨군요. 사실 하마사의 물은 동물원에서 늘 민원으로 곤욕을 치르는 부분이랍니다. 오해와 달리 하마사는 물을 거의 매일 갈아 주다시피 해요. 수도 요금도 제일 많이 내는 곳이고요. 하지만 그래도 더러운 건 우리도 어쩔 수 없어요. 바로 하마의 생리 현상 때문에 벌어지는 일이기 때문이지요. 생리 현상이라면 무엇이든 용서할 수밖에 없잖아요.

깨끗한 물을 받아 놓고 우아하게 하마를 부르면 녀석은 어슬렁어슬렁 나와서는 물에 들어가자마자 바로 똥을 내갈기기 시작해요. 게다가 엄청난 속도로 꼬리질을 해서 그 똥을 순식간에 사방으로 확산시켜 버리지요. 물은 물감을 푼 것처럼 금세 초록색으로 물들어 버려요. 하마는 그다음에 느긋하게 그 물에 잠수를 감행하지요. 우리가 보기엔 정말 역겨운 바로 그 똥물에 퐁당 하고 말이에요.

대체 하마는 왜 그러는 걸까요? 학자들은 하마가 물속 수초에 영양분을 주는 작업이라고도 하고, 자기 영토임을 알리는 숭고한 목적이 있어 그러는 것이라고도 하지요. 가끔은 사람도 더러운 다락방에 들어가 푹 쉬고 싶을 때가 있으니 그런 느낌으로 하마의 마음을 이해해 볼까요?

3. 코끼리는 왜 그렇게 몸을 흔들어요?

매우 산만해 보이던가요? 때로는 짠하기도 하지요. 관점에 따라 누구는 춤을 추는 것이라고 하고 누구는 미쳐서 그러는 것이라고도 해요. 춤이라고 본다면 코끼리의 춤은 디스코처럼 신나는 춤이 아니라 블루스처럼 매우 정적인 춤이지요. 하나, 둘, 셋 하는 박자에 맞춰 앞으로 뒤로 움직이지요. 미쳤다고 하는 건 주로 학자들의 해석이에요. 이른바 정형 행동이라는 것인데, 병원에서 늘 똑같은 몸동작을 반복하는 사람 환자들의 행동과 일치시키는 거지요. 그런데 어쩌면 이것은 지극히 인간적인 관점일지도 몰라요.

동물들이 미치는 것이 가능할까요? 미친다는 것은 흥분한다는 것과는 또 다른 것이지요. 만약 제가 덩치 큰 코끼리인데 정말 미친다면 아무거나 집어던지고 마구 밟아 버리고 큰소리로 울부짖고 마구 내달릴 것 같아요. 적어도 그렇게 '곱게' 미치지는 않을 것 같아요.

그래서 저는 동물들의 작은 반복 행동은 무료한 생활을 이겨 내기 위한, 본능적인 마음과 몸 비우기 행동이 아닐까 하고 조심스레 추측해 봤어요. 그러지 않으면 동물원 같은 곳에서 살아 나가기 힘드니까요. 때로 저는 감히 이들을 명상의 대가라고 부르기도 한답니다.

4. 늑대는 왜 울지 않아요?

늑대는 원래 수시로 '우우욱' 하고 집단으로 하울링하는 것이 특징인데 동물원 늑대는 잘 울지 않아요. 왜 그런지는 늑대한테 물어봐야 제일 잘 알겠지만 그럴 수 없으니 가만히 늑대를 지켜봤어요. 지켜본 결과를 말하자면 조건이 잘 안 맞아서 그러는 것 같아요. 동물원에서는 별로 울 일이 없는 거예요.

늑대가 우는 것은 집단의 유대를 돈독히 하고 다른 집단에 자기 집단의 힘을 과시하기 위해서예요. 그런데 동물원에는 그들과 맞설 다른 늑대 집단이 없을뿐더러, 자기 집단에도 겨우 한 마리나 두 마리가 있을 뿐이니 상식적으로 생각해도 우는 것은 필요 없는 낭비 즉 헛울음이 되지요.

울음 이야기가 나왔으니 말인데 늑대들의 언어는 집단의 언어예요. 늑대들은 계급이나 사회생활이 매우 발달되어 있어요. 지구상에 비교적 늦게 출현한 인간이 늑대로부터 사회성을 배웠다고 주장하는 학자들도 있을 정도로 사회성이 발달해 있지요. 원시 부족들이 모닥불 주위를 돌면서 고함치며 추는 춤 중 어떤 것은 늑대 집단의 행동을 모방한 것이라고도 하지요.

비록 동물원 늑대들은 야생에서처럼 크게, 자주 울 이유가 없어지긴 했지만 야생의 습관이 여전히 남아 있어 해 질 녘이면 꼭 한 번 정도는 운답니다. 한 마리가 우우욱 하고 긴 선창을 하면 다른 늑대뿐만 아니라 개, 코요테 같은 비슷한 무리들이 합창을 하지요. 동물원에 오는 타이밍을 잘 맞춘다면 한번 들어 볼 수 있어요!

5. 타조는 왜 이상한 춤을 춰요?

수컷 타조의 춤을 보셨군요. 어때 요? 치마를 펄럭이며 추는 춤 같지 않나요? 다만 색깔이 검은색과 흰색 뿐이라 좀 아쉽긴 하지요. 사막 주변 에 사는 동물인 만큼 타조도 사막의 단조로운 무늬에서 벗어날 수 가 없어요. 사막에 사는 녀석들은 대부분 모래 색이나 하얀색 계통 의, 매우 단순한 색을 가지고 있지요. 타조는 그래도 새인지라 진 한 검은색을 하나 더 가지고 있어요.

녀석이 추는 춤은 암컷을 유혹하기 위한 춤이기도 하고 자기 힘 을 과시하기 위한 춤이기도 해요. 모든 수컷의 공통적인 목적이지 요. 암컷 타조는 춤을 잘 추는 수컷을 택하는 것 같아요. 수컷들 세 계에서는 춤을 잘 추면 힘센 놈으로 통하거든요. 마치 비보이들이 춤 대결하는 것과 비슷하지요. 여기서 진 녀석들은 암컷의 사랑을 받을 자격조차 없어져요. 그에 비하면 사람 세계의 사랑은 좀 더

민주적이라고 해야 할까요? 타조의 세계에선 춤을 못 추는 수컷은 속된 말로 '국물'도 없으니 말이에요.

자세히 보면 타조는 이렇게 춤을 춰요. 일단 다리를 굽히고 앉는다, 고개를 쳐든다, 날개를 쫙 편다, '헤드뱅잉'과 동시에 날개를 퍼덕이며 몸을 이리저리 움직인다. 이것이 전부지요. 참 쉽지요? '몸치'도 따라 해 볼 만해요.

그렇게 노력해서 쟁취한 사랑이어서인지 수컷 타조는 암컷에게 무척 지고지순하답니다. 새끼들의 양육도 함께 책임지고요. 암컷이 알을 낳아 놓으면 수컷들은 밤새 그 알을 품어요. 암컷은 낮에 잠깐 거들고요. 이 정도면 타조는 가히 이상적인 남편의 표상이 아닐까요?

6. 사자는 왜 하루 종일 자요?

들켜 버렸네요! 관람객들은 보통 스쳐 지나가듯 동물들을 보니까 여간해서는 '하루 종일'이란 말을 쓰기 어려운데 관찰력이 대단하신가 봐요! 녀석들은 정말 하루 종일 참 잘 자요. 하루 중 20시간 이상을 잠으로 보낸답니다. 게으름은 수컷들이 훨씬 심해요. 암컷들은 누가 오면 기척이라도 내는데 수컷들은 파리가 와서 코를 간지럽혀도 요지부동이거든요. 야생에서는 사냥도 거의 암컷들이 담당하는데 수컷들은 무슨 힘든 일을 한다고 그렇게 게으름을 피우는지 몰라요.

야생에서 수컷은 보통 한 마리가 열에서 스무 마리 정도의 무리를 거느려요. 다른 수컷과 벌인 싸움에서 진 수컷은 식구들을 내어놓아야 하는데, 이때 남은 새끼 수컷들에 대해 간혹 살육이 벌어지기도 해요. 암컷들이 잘 방어한다면 비극을 막을 수 있지만요. 이럴 때는 무작정 덤비지 말고 체제에 순응하는 척해야 해요. 아부나 애교도 필요하고요. 어쩐지 사람들 사회를 보는 것도 같지요?

육식 동물 중에선 호랑이, 표범도 게을러 보이긴 해요. 하지만 우리가 그들을 주로 낮에 보기 때문에 그래요. 녀석들이 활동하는 시간은 해가 넘어가는 석양 무렵이나 달이 초원을 환히 비출 때이지요. 야간 시력이 워낙 좋아서 약간의 빛만 있어도 그걸 반사해서 잘 볼 수 있거든요. 밤에도 모양만 보면 코끼리인지 영양인지 알 수 있는 거지요. 굳이 색깔까지 구분할 필요는 없고요. 이 사냥에는 많은 인내와 순간적인 폭발력이 필요해요. 그런 힘은 잠재된 힘에서 나오는데 바로 이 힘을 비축하기 위해 그렇게 낮잠을 열심히 자는 거지요.

또 누가 감히 깊이 잠든 사자를 건드리겠어요? 아, 모기가 있군요.

7. 악어는 왜 잘 안 움직여요?

악어가 마치 박제된 동물처럼 보인다고요? 사실 저도 평상시에 악어가 움직이는 모습을 보기 어려워요. 하지만 숨 쉬고 살아 있는 동물인 것은 분명해요. 악어를 움직이게 하는 방법이 하나 있어요. 배고플 때 먹이를 주면 되지요. 그때는 물불 안 가리고 사납게 달려드니까요. 그렇게 심하게 움직이다가도 갑자기 정지 동작을 취하듯 멈춰버리는 경우도 있어요.

파충류들이 동작을 멈추는 데는 여러 가지 이유가 있어요. 첫째는 에너지 절약 시스템 때문이라고 하네요. 파충류들은 한 번 먹으면 며칠을 소화하면서 보내요. 우리 동물원에서도 2주에 한 번 먹이를 줘요. 그동안은 정지 상태에서 오직 소화를 위해서 온몸을 바치는 거예요. 운동을 할 에너지 여유가 없는 거지요. 그리고 파충류들은 뇌가 아주 작아요. 그들 뇌는 본능적인 움직임만을 위해 존재하지요. 정온 동물들은 에너지와 혈류의 20퍼센트 이상을 뇌의 활동에 소비하지만 파충류는 사냥과 소화 같은 생존 활동에만 쓰지요. 배가 고파야만 먹이를 찾는 이유도 거기 있어요. 정온 동물들은 수시로 먹이를 먹어서 뇌가 허기지지 않도록 해야 하니 일단 먹을 게 있으면 먹고 보자는 생각이 지배하지요. 반면에 파충류들은 배꼽시계가 울려야만 먹이를 먹는 거고요. 그러니 악어 입장에서는 꼭 사냥해서 먹어야 할 때, 누군가 공격해 올 때, 추울 때를 제외하고는 왜 움직여야 하는지 생각이 잘 안 난다고 해야 할까요? 그래서 파충류는 마치 식물과 동물 중간쯤에 있는 것만 같다니까요!

8. 앵무새는 왜 그렇게 화려해요?

날카로운 질문입니다! 화려한 앵무새를 보면서도 그냥 앵무새니까 화려하다고 생각하고 넘어가기 쉽지요. 하지만 새에 관심 있는 사람이라면 한번쯤 궁금해질 거예요.

앵무새는 높은 나무 꼭대기에 사는 새예요. 무리를 지어 살고 몸 크기도 대체로 크지요. 아주 큰 것들은 독수리만 하니까요. 그러니 떼로 높은 곳에 사는 앵무새들을 감히 공격할 천적들이 거의 없어요. 그래서 수명도 아주 길지요. 수명이 길다는 것은 그만큼 강하고 스트레스 받을 만한 일들이 없다는 뜻이기도 해요. 사람들은 배부르고 잘살게 되면 무엇부터 시작하나요? 차 사고 집 사고 자기를 꾸미려 하지요. 앵무새들도 똑같아요! 앵무새들은 집도 차도 필요 없으니 자기를 꾸미는 데 최선을 다하겠지요.

아프리카회색앵무새를 보면 무채색이에요. 아마 앵무새의 조상들은 그렇게 생겼을 거예요. 그러다 점점 멋에 눈을 뜨게 되고 자연스레 화려해진 돌연변이 개체들의 자손이 유전되어 오늘날 꽃처럼 화려한 앵무새가 되었겠지요. 그 화려함 때문에 사람들의 사랑과 돌봄을 받기는 하지만 원래는 자기들끼리 서로 멋을 과시하고, 또 다른 앵무새 무리와 자기 무리를 구분하기 위한 것이지 사람에게 잘 보이기 위한 것은 결코 아니랍니다.

9. 물개와 물범은 비슷한 것 같은데요?

물개와 물범은 참 구별하기 힘들어요. 동물원 사육사들조차 관심이 없으면 잘 설명을 못한답니다. 둘 다 고래 같은 해양 포유류이고 수영을 아주 잘하고, 방수 옷 같은 검은 피부를 가졌지요. 눈이 크고 얼굴이 둥글어 귀여운 인상도 엇비슷해요. 그러니 쉽게 구별이 안 되는 것은 당연하지요. 하지만 이름을 다르게 부르는데는 반드시 이유가 있어요.

물개

물범

물개는 영어로 퍼 실(fur seal), 즉 털

이 있는 물범이라고 불러요. 그만큼 물범에 비해 털이 많이 나 있어요. 털이 많다는 것은 육지에 있는 시간이 많다는 뜻이 되지요. 물개는 앞뒤 다리가 수영을 위해 노처럼 변하긴 했지만 여전히 앞으로 뻗어 있고 길이가 깁니다. 육지에 올라오면 비록 뒤뚱거리긴 해도 걷는다는 표현이 적절할 정도로 잘 걸어요.

물범은 고래와 비슷하게 뒷다리가 짧고 완전히 뒤로 젖혀져서 꼬리지느러미처럼 변했어요. 역시 수영을 잘하기 위해서지요. 육지에 상륙은 하지만 뒷다리가 없으니 배로 겨우 기어서 이동할 정도로 육지 생활이 불편해요. 일광욕이나 결혼을 하려고, 또 새끼를 키우려고 바위섬 같은 작은 육지로 올라오는 정도지요. 이들을 영어로 실(seal)이라 불러요. 아참, 물범은 귓바퀴가 따로 없이 구멍만 나 있고 물개는 귓바퀴가 조금 밖으로 나와 있어 귀라는 것을 알 수 있어요. 그래도 여전히 구별이 어렵다고요? 사실 그래요!

10. 독사나 구렁이는 어떻게 사냥해요?

일단 두 뱀을 먼저 구별해 볼게요. 간단히 말하면 둘은 크기가 달라요. 구렁이(python) 종류가 훨씬 큰 경우가 많지요. 10미터가 넘는 기록적인 크기를 가진 비단구렁이나 아나콘다가 구렁이 종류이지요.

그럼 사냥법을 볼까요? 독사는 이름 그대로 독을 무기로 사냥해요. 일단 먹이를 문 다음 독액을 주입하고 재빨리 놔주면 독에 감염된 동물은 수초에서 수분 사이에 마비가 되거나 숨을 못 쉬게 돼요. 그렇게 죽음을 맞이하면 그때 가서 잡아먹는 것이지요.

독사(살모사)

대개 독은 먹이의 크기에 비례해서 독성이 높아요. 바다뱀이나, '아프리카의 저주'라고 불리는 블랙 맘바 같은 녀석들은 사람이나 소를 한 방에 죽일 정도의 맹독을 가졌다고 해요.

구렁이

한편 구렁이는 일단 먹이의 머리를 무는 동시에 몸을 휘감아서 조여 죽이는 방식을 택해요. 먹이는 갈비뼈가 으스러지고 최종적으로 질식해 죽게 되지요. 마치 목을 조여 오는 듯한 고통을 느끼면서 죽어 가는 먹이와 그것을 지켜보고 있는 구렁이라니! 정말 잔인해 보이기도 해요.

뱀들은 낮보다 저녁에 사냥을 많이 하는데 피트 기관이라는, 얼굴 측면에 나 있는 구멍을 이용해 살아 있는 먹이의 체온을 감지한다고 해요. 또 입안에 야콥슨 기관이란 것이 있는데, 혀로 냄새 분자를 받아 이 기관에 전달하면 정밀한 냄새 분석이 가능하다고 해요. 그러고 보면 뱀은 화학전, 기습전, 야간 전투 능력 등을 고루 갖춘 전투병 같지 않나요? 거기다 측은지심도 없는 차가운 가슴까지 가졌으니 정말 <u>으스스</u>하지요!

11. 앨리게이터와 크로커다일은 어떻게 달라요?

들켜 버렸네요. 동물원 해설사들도 잘 설명하려 들지 않는 부분이거든요. 꽤 수준 높은 질문이에요. 둘 다 악어지만 일단 둘은 사

앨리게이터

크로커다일

는 곳이 달라요. 앨리게이터(alligator)는 북미와 양쯔 강 두 군데에서만 살아요. 등 색깔이 까맣고 입이 U 자 모양으로 아열대 기후대에서 사는 악어들이지요. 크로커다일(crocodile)은 북미, 남미, 오스트레일리아, 아프리카 등등 세계 곳곳에서 살아요. 우리가 알고 있는 악어가 대부분 이 크로커다일이지요. 주로 열대 지방에 살고, 입이 V 자 형으로 뾰족하고, 등 색깔이 앨리게이터보다는 밝은 노란색을 띠어요. 검은 줄무늬를 가진 경우도 있어요. 그 색감 때문에 사람들

이 가죽 백으로 많이 쓰기도 하지요.

사람들은 잘 모르지만, 악어의 또 한 종류로 가비알(gavial) 악어가 있어요. 가비알 악어는 등 색깔이 크로커다일과 비슷하고 입이 톱처럼 가늘고 길게 튀어나온 것이 특징이에요. 주로 물고기를 잡아먹고 살지요. 인도의 갠지스 강에 사는 녀석들은 인간의 장례식을 도와준다고도 해요. 이 세 악어 중 누가 제일 강할까요? 주로 크로커다일 악어들이 공격성과 힘이 세다고 알려져 있어요.

12. 죽은 척하면 정말 곰이 안 쫓아올까요?

에이, 곰은 동물 중에 아주 영리한 축에 속하는데 설마 그러겠어요? 만일 정말로 곰을 만났는데 죽은 척했다간 곰이 웬 떡이냐 하고 공격해 버릴 거예요. 물론 방금 무언가 먹어서 배가 부른 곰이라면 무관심하게 지나갈 수도 있지만요. 혹시 운 좋게 그런 곰을 마주쳤던 사람이 죽은 척하면 곰이 안 쫓아온다는 이야기를 퍼트린 것일지도 모르겠네요.

동물들의 행동은 가끔 예외적인 경우가 있기는 해요. 사자랑 양이 함께 노는 장면이 가끔 텔레비전에 나오기도 하지요. 하지만 사람을 마주쳤을 때 일반적인 곰의 행동은 '공격'입니다.

그럼 나무 위에 올라가면 살 수 있을까요? 그것도 가능성이 없지는 않지만 곰들도 아주 큰 북극곰이나 불곰들 빼고 그보다 체구

가 작은 흑곰, 반달곰, 안경곰 같은 녀석들은 사람보다 더 나무를 잘 타니 그것 또한 그리 안전한 행동은 아닌 것 같군요. 그럼 어떻게 해야 하느냐고요?

일단 마주치지 않는 게 최선이겠지요. 그래도 모험심 강한 사람들이나 오지에 사는 사람들은 가끔 곰과 마주칠 일이 생길 수 있어요. 캐나다 로키 산맥에서 안내하는, 곰과 마주쳤을 때의 행동 요령을 간단히 소개해 줄게요. 일단 숨어라, 들키면 뒤를 보이지 말고 천천히 도망쳐라, 그래도 곰이 쫓아오면 시끄럽게 소리 지르면서 돌이나 나뭇가지를 마구 던져라, 그래도 곰이 덮친다면 용감히 싸워라! 다 좋은데 마지막이 조금 이상하지요? 싸워서 이기라는 뜻일까요? 그렇지는 않아요. 곰과 싸우게 된다면 사람의 운명은 거의 정해져 있겠지만 그 사람을 통해 곰이 사람에 대한 두려움을 갖게 되기 때문에 권한다고 하네요. 끝까지 희생정신을 강조하는군요.

그렇다고 너무 걱정하지는 마세요. 다행히 요즘엔 비상용 '곰 스프레이'라는 것이 나와 있거든요. 곰을 쫓는 데 아주 효과적이랍니다.